D1832051

चलती रहो नैना

चलती रहो नैना

सोनाली गर्ग

GenNext Publication

इस पुस्तक के सर्वाधिकार सुरक्षित हैं। लेखक की लिखित अनुमति के बिना इसके किसी भी अंश को फोटोकॉपी एवं रिकार्डिंग सहित इलेक्ट्रॉनिक अथवा मशीन किसी भी माध्यम से अथवा ज्ञान के संग्रहण एवं पुनप्रयोग की प्रणाली द्वारा किसी भी रूप में पुनरुत्पादित अथवा संचारित-प्रसारित नहीं किया जा सकता।

चलती रहो नैना

© सोनाली गर्ग

ISBN : 978-93-8022-359-9 (HB)

भारत सन् 2019 में प्रकाशित

जेन्नेकस्ट पब्लिकेशन

5, अंसारी रोड, दरियागंज,

नई दिल्ली-110002

Phone : 9811692060

ई-मेल: gennextpublication@hotmail.com

मुद्रित: जी. प्रिंट प्रोसेस, दिल्ली

अनुक्रमणिका

प्रस्तावना

कहानी कहना और सुनना मानव जगत की वह अनुभूति है जो शायद तभी से हमें लुभाती आई है जबसे हमने मनुष्य की भांति इकट्ठे रहना सीखा! मानव समाज की कथाएँ महज कथाएँ नहीं हैं- वे जीवन के चल-अचल, जड़-चेतन, अंदर-बाहर के सुख-दुख की रंग बिरंगी तस्वीरें हैं जो हमें स्वयं से परिचित कराती हैं। कहानी कहने वाला और सुनने वाला एक मर्मबिंदु पर आकर एकाकार हो जाते हैं। यही वह चरम है जहाँ साहित्य जन्म लेता है व जहाँ कहानी कहानी न रहकर एक कला का रूप ले लेती है।

मुझे कहानियाँ लिखते हुए आज लगभग सत्रह साल हो चले हैं। आस-पास के जो भी अनुभव मन-मस्तिष्क को झकझोरते गए, कलम ने उन्हें कागज़ पर उतार दिया। मेरे मुख्य पात्र स्त्री होते हुए भी, ये कहानियाँ किसी विशेष नारी-विमर्श को प्रतिबिम्बित नहीं करतीं। मेरा आज भी यह मानना है कि नारी जीवन पुरुष मात्र के बिना पूर्ण नहीं, किंतु इसका अर्थ यह नहीं कि पुरुष जीवन नारी के बिना पूर्णता को पा सकता है। वस्तुतः सामाजिक संरचना का दोष यही है कि वह एक गुट को दूसरे के खिलाफ खड़ा करती आई है। दोनों को समकक्ष खड़े होकर ही अपने अपने सरोकारों में सफलता मिल सकती है। मेरी अधिकांश कथाओं में आप यही भाव परिलक्षित होता हुआ पाएँगे। कथाएँ वही हैं जो आपके हमारे आस-पास

बिखरी पड़ी हैं। उनमें उभरने वाले स्वर आपके व हमारे अपने सुर हैं। उनसे रूबरू होकर जब कोई बात मन को छू जाए तो वही कहानी का संदेश बन जाता है। जाने-अनजाने कोई बात, किसी कहानी से याद रह जाए, तो मेरा सौभाग्य होगा। रचना अपना आप ऐसे ही मनवाती है, कागज से परे, हृदय पर छाप छोड़कर।

इसी आशा में,

सोनाली

1

चलती रहो नैना

ढलती ठंड, चढ़ता बसंत, और गुलमोहर की छाँव। लाल फूलों से ढकी हरी घास की चादर। चादर पर गठरी-सी बनी एक कत्थई रंग की साड़ी। साड़ी में नैना। हाँ, यही नाम था उसका। गेहुएँ को छूता चंपई रंग। घने, काले बाल, जिनकी लटें उड़-उड़ कर उसके चेहरे को जादुई बना देती थीं। उसकी लंबी, पतली, जवाकुसुम सी उंगलियाँ मेरे हाथ में थीं। थरथराई सी, कुछ-कुछ काँपती सी, पर बेहद खुश।

''आप जानती हैं दी, वह कहता है अगर मैने हाँ नहीं कहा तो वह कभी किसी और से शादी ही नहीं करेगा। वह मेरे सिवा किसी और लड़की के बारे में सोच ही नही सकता।''

''अच्छा.... तो बात यहाँ तक आ पहुँची है,'' मैने खिलखिलाते हुए उसकी हथेली अपने हाथों में दबा ली। थोड़ा चौंक गए न आप? न, मैं उसके प्रेम का पात्र नहीं, उसकी दोस्त हूँ। दोस्ती भी अजीब सी। उम्र, स्थिति, काल सब अलग-अलग हैं हमारे। फिर भी एक गहरा जुड़ाव हो गया है एक दूसरे से। कोई भी, कैसी भी बात हो, एक दूजे से कहे बिना रह नहीं पाते और आज की बात तो कुछ ऐसी थी जिसने मुझे भी गुदगुदा दिया। कोई मेरी प्यारी नैना को इस हद तक चाहता है कि उसके पीछे दुनिया छोड़ने को तैयार है। ऐसा होता है क्या आज के युग में? आप कहेंगे, होने को क्या है? बात सतयुग की हो या कलियुग की,

स्त्री-पुरुष का प्रेम तो सहज, स्वाभाविक संकल्पना है। हाँ, स्त्री पुरुष का प्रेम तो होता है, लेकिन ऐसा प्रेम जहां एक को तो दूसरा देख सके, पर दूसरे को पहला नहीं, वहां प्रेम की बात थोड़ी मुश्किल हो जाती है।

जी, मेरी नैना देख नहीं सकती। दृष्टि का वरदान तो नहीं है उसे, पर अंर्तदृष्टि बेहद तेज़ है। सिर्फ आवाज़ सुनकर अंदाज़ा लगा लेती है कि दूसरा किस छोर से बोल रहा है, और कहना क्या चाह रहा है। और जब कोई यह कहे कि "मैं तुमसे बेहद, बेहद प्रेम करता हूँ"- तो ठिठक कर सुनना लाज़्मी हो जाता है।

"विशेष ने मुझे युनिवर्सिटी के किसी फंक्शन में देखा था। तब से मुझसे दोस्ती बढ़ाने को बेताब था। मैंने ज्यादा ध्यान नहीं दिया, तो मेरे दोस्तों से मिलकर मेरा जन्मदिन मना डाला। मैं जितना दूर भागती रही, वह उतना ही नजदीक आता गया।"

"और अब?" मैने पूछा, "क्या इरादे हैं तुम्हारे? अच्छा लगता है उसका पीछे आना, या फिर....." मैने जानबूझकर वाक्य अधूरा छोड़ दिया। मैं चाहती थी कि अपने प्यार की पुख़्ता ज़मीन वह खुद ढूँढे, खुद अपने पैर उस पर जमा कर कहे कि हाँ, मुझे भी उससे प्यार है पर नैना ने ऐसा कुछ नहीं कहा। "मुझे नहीं पता दीदी, यह प्यार है या कुछ और", नैना का स्वर भावपूर्ण नहीं, तटस्थ था।

"मैने तो जब से होश संभाला, बस दूसरों के स्पर्श को ही जाना पहचाना। और कुछ सुनने समझने की गुंजाइश ही नहीं थी। माँ-पापा और भाई-बहनों के प्यार ने ही संभाले रखा अब तक। इस हद तक कि खुद से नफरत करने से भी बचाए रखा। अब अचानक से इस नए प्यार को समझने-सहेजने की ताकत बटोर नहीं पा रही हूँ।"

नैना जो कह रही थी, वह एक ऐसा सत्य था जो नेत्रहीनों से बाहर की दुनिया शायद ही कभी समझ सके। रोशनी के सुखदाई स्पर्श से परे, हर पल अंधेरे में अपनी राह टटोलना, हर समय उस अनदेखी, अनजान उंगली की उम्मीद में रहना जो स्वयं आगे आकर रास्ता दिखा दे-कैसा

लगता होगा ऐसे व्यक्ति को? कैसे बचा पाता होगा वह जीवन के प्रति अपनी लगन, अपना उत्साह, या अपनी बंद आँखों तले देखे गए सपने? नैना से मिलकर ये सारे सवाल बेमानी हो उठते थे। बेहद आत्मविश्वास से एक जादूगर की भांति, अपनी सफेद छड़ी का पिटारा खोल वह चल देती थी, हर समय एक भीनी मुस्कान होंठों पर सजाए। कपड़े भी हमेशा चटख रंग के पहने देखा मैंने। एक साथी फोन, दूसरा लैपटॉप–तीसरा उसकी हिम्मत। यही हिम्मत उसे पटना से इतनी दूर दिल्ली शहर के जवाहरलाल नेहरू विश्वविद्यालय में खींच लाई थी। पीएच.डी. के दौरान ही उसकी नियुक्ति हमारे कॉलेज में हुई। मैं एक बालसुलभ उत्सुकता से उसके कार्यकलाप देखती और पल–पल मुग्ध हो जाती। हालांकि कई बार मुझे लगता कि उसकी जगह कोई स्वस्थ आँखों वाला सहयोगी होता तो बेहतर होता, पर तब अपनी ही अंतरात्मा कचोट उठती। और जब पता चला कि प्रिंसिपल ने सबसे शानदार और ऑफिस के बगल का कमरा हमें सिर्फ नैना की बदौलत दिया है तो आश्चर्य भी हुआ और गर्व भी। चलो, बेशुमार जनसंख्या से भरे इस देश में थोड़ी सी जगह और थोड़ी सी सहानुभूति उन्हें भी मिली जिन्हें ईश्वर ने उतना भरपूर नहीं किया।

और आज जब नैना ने बताया कि विशेष उससे विवाह करना चाहता है तो मुझे सहसा विश्वास ही नहीं हुआ। ऐसा नहीं था कि वह खुद बेहद सबल और सक्षम था, पर आँखों में जो थोड़ी बहुत रोशनी बची थी, वह उसे इतना तो आत्मविश्वास दे ही देती थी कि जीवन को अपने ढंग से, अपनी क्षमतानुसार जी सके। मुझे लगा शायद नैना के आत्मविश्वास ने ही उसे अपनी ओर आकर्षित किया होगा।

''नैना, तुम्हें उसके बारे में जरूर सोचना चाहिए'', मुझे पूरा विश्वास हो चला था कि विशेष के रूप में ईश्वर ने ही नैना की सुध ली है।

''पर दीदी'', नैना का स्वर उसके सारे भ्रम, सारी शंकाओं को समेटे हुए था।

"पर वर कुछ नही नैना," मैंने उसका हाथ थामते हुए कहा, "देखो बड़ी पुरानी कहावत है, प्यार उससे करो जिसे तुम चाहते हो, पर शादी उससे जो तुम्हें चाहता हो। विशेष अच्छा लड़का है, तुम्हें खुश रखेगा।।"

"मेरे माता-पिता भी यही कहते हैं।"

"तो गलत नहीं कहते। उन्होंने दुनिया देखी है। तुम्हें इतनी दूर, खुद से अलग एक अनजान शहर में भेजना इतना सरल नहीं लगा होगा उन्हें। फिर भी तुम्हारी खुशी के लिए उन्होंने दिल कड़ा किया और तुम्हें भेज दिया। अब तुम्हारा फर्ज़ बनता है कि तुम उनकी इच्छाओं का सम्मान करो। और फिर नैना, जिदंगी बहुत लंबी न सही, तो बहुत छोटी भी नहीं है। अकेले चलते-चलते थकान होने लगती है।"

न, मैंने यह नहीं कहा कि 'तुम थक जाओगी।' क्योंकि थकते तो आँखों वाले भी हैं। फर्क केवल इतना है कि आँखों के आगे नाचते मंजर सच को एक लुभावनी परत तले दबाए रखते हैं। वह तो जब अनुभव के चश्मे परत के भीतर की हकीकत को उजागर करते हैं तो समझ आता है कि गुलाब तो था, पर काँटों के कारण दामन की पकड़ में नहीं आया।

खैर, नैना और विशेष को संग चलना था, तो संग चले। संग रहने के लिए समाज की स्वीकृति जरूरी थी, सो धूमधड़ाके से विवाह भी हुआ। हम सब विवाह में शामिल हुए। बल्कि एक छोटा-मोटा रिसेप्शन भी आयोजित किया गया। विशेष को वहीं देखा। आत्मविश्वास और खुशी से लबरेज़। सबसे गर्मजोशी से हाथ मिलाता हुआ। मुझे लगा, यह वाकई नैना के गुमशुदा नैनों की कभी पूरी कर देगा।

जिंदगी चल निकली जैसे विवाह के बाद अधिकांश नवदंपत्तियों की चल निकलती है। नए कपड़े, नया घर, नया साथ, और नए अनुभव। नैना ने कॉलेज के पास ही घर ले लिया था।

"घर की देखरेख कैसे करती हो नैना?" मैने एक दिन पूछ ही लिया।

''कामवाली है दीदी। खाना हम दोनों मिलकर बना लेते हैं।''

''बड़ा अच्छा लगा सुनकर। चलो, दोनों की जिम्मेदारी बनती है गृहस्थी चलाने की। वैसे, विशेष का बर्ताव ठीक है न तुमसे?''

''जी दीदी, अभी तो सब ठीक ही है। वैसे मैं अपना घर लेने की सोच रही हूँ। किराया काफी हो जाता है।''

''कुछ जल्दी नहीं है नैना? थोड़ा ठहर जाते तुम लोग। अभिषेक ने भी कुछ सोचा होगा।''

''उसके पास पहले से ही एक छोटा घर है, पर यहां से काफी दूर। मैं तो कॉलेज के पास ही रहना चाहती हूँ। छोटा ही सही, पर अपना तो होना ही चाहिए।''

मुझे आश्चर्य भी हुआ, खुशी भी। इस नयी पीढ़ी को सब कुछ कितनी जल्दी पा लेने की चाह है। अच्छा ही है, जीवन की सांझ ढल जाने से पहले ही अपना घोंसला बन जाए, तो अच्छा है। क्यों न शरीर में ताकत रहते ही तिनके चुन लिए जाएँ। मुझे अनायास ही अपना ख्याल हो आया। पचास छूती उमर, और दो जवान बच्चों के बावजूद अपना या अपने मन लायक ठिकाना नहीं बन पाया था। चाहने-चाहने भर में उम्र निकली जा रही थी।

''बहुत अच्छा सोचा नैना,'' मैंने उसकी पीठ थपथपाते हुए कहा, ''मुझसे कोई मदद चाहिए हो तो कहना।''

नैना ने खुशी से सिर हिला दिया था। फिर जल्दी ही अपने नए घर की खुशशबरी भी दे डाली थी। दिन महीनों में फिसले, महीने साल में। अचानक ही एक दिन मुझे याद आया, नैना के विवाह को एक वर्ष हो चला था। आजकल कम ही नजर आती थी। किसी से सुना भी, शायद लंबी छुट्टी पर जाने वाली है। मैने एक दिन लाइब्रेरी में देखा, तो पकड़ लिया।

''क्यों भाई, शादी के बाद अब कहाँ अलोप होने का इरादा है?''

''अलोप कहाँ दीदी, डेढ़ साल से पीएच.डी. की सुध नही ली, वही पूरी करूँगी।''

''हाँ, वह तो जरूरी है। और विशेष कैसा है?''

''ठीक ही होंगें।''

''क्या मतलब, तुम्हें नहीं पता?''

''नहीं, और न ही जानने की इच्छा है।''

नैना न तो मेरे चेहरे पर आए भाव देख सकती थी और न ही मन में उपजी व्यथा। और मैं चाहकर भी उस काले चश्मे के पीछे छिपी आँखों को पढ़ने में असमर्थ थी, जो अपने अंदर न जाने कितनी और कितने तरह की पीड़ा समोए थीं। पर मन था कि मेरे बस में नहीं था।

''तुम चाहो तो मुझसे बाँट सकती हो नैना'', बस इतना ही कह पाई।

''इतना मत सोचिए दीदी,'' आशा के विपरीत नैना का स्वर बेहद संयत था।

''मैं जानती थी। यह होना ही था।''

''मगर क्यों नैना?''

''क्योंकि मैं यह मानने को तैयार ही नहीं थी कि मैं उससे किसी सूरत में कमतर हूं। मैं चाहती थी कि मैं अपना पैसा संभालकर, अपनी मर्जी से खर्च करूँ। वह मेरे तन और मन के साथ उस पर भी काबू करना चाहता था।

मेरा छोटा भाई आगे की पढ़ाई के लिए मेरे साथ रहने आ गया। मेरी गृहस्थी को उसका सहारा भी मिला। पर विशेष को न जाने क्यों, पसंद नहीं आया। अगली छुट्टियों में उसने अपने दोनों भतीजों को फैजाबाद से यहाँ बुलवा लिया। मेरे सिर पर यह इल्ज़ाम कि मै उसके रिश्तेदारों को पसंद नहीं करती। भाई अपने रहने-खाने का खर्च मुझे देने लगा, तो

उसे वह भी नही भाया। जब भी कोई बात हो, यह जताने की कोशिश कि आँखें रहते भी उसने मुझ अंधी से शादी की।''

''मगर शादी के लिए तो वही पीछे पड़ा था,'' मै खुद को कहने से रोक नही पाई।

''शायद यही सोचकर कि एक चलती-फिरती एटीएम मशीन मिल जाएगी। पर अपना सोचा हुआ कहाँ होता है, यहाँ भी नहीं हुआ।''

''लेकिन नैना, सिर्फ एक साल में....''

''हाँ दीदी,'' नैना ने मुझे वाक्य पूरा नहीं करने दिया, ''सिर्फ एक साल में ही मुझे समझ आ गया कि विशेष और मेरा साथ चलना मुश्किल है।''

''पर क्यों नैना?''

''क्योंकि मेरी समझ में शादी साथ-साथ चलने का नाम है और वह चाहता है कि मैं उसके पीछे-पीछे चलूँ, वह भी बिना कुछ पूछे।''

''तो अब?''

''अब क्या दीदी?'' एक हल्की सी मुसकुराहट इस दर्द भरे चहरे पर तैर गई।

''मैं तो हमेशा से ऐसे ही चलती आई हूँ। घर से निकलते वक्त भी पता नहीं होता, कौन सी सड़क कैसे पार करूँगी। तो अब क्यूं सोचूँ, रोज राह भी मिल जाती है साथ चलने वाले हमराह भी। एक विशेष नहीं होगा तो चलना थोड़े ही छोड़ दूँगी।''

मैं बिना कुछ कहे, एकटक उसके चेहरे को देखती रही। कोई आँसू नहीं, न कोई मेलोड्रामा। न ही यह जताने की कोशिश कि उसके साथ कोई बड़ा भारी अन्याय हुआ है। शायद कोई आँखों वाली होती तो रो-रो कर नैना सुजा लेती और पूरी दुनिया को पता चल जाता कि कुछ गलत हुआ है। इन आँखों ने काले चश्मे के पीछे रहकर कितनी आसानी से अपनी राह खोज निकाली है। सीधी सरल राह- और शायद मंजिल की

ओर तेजी से ले जाने वाली। सच ही तो कहा नैना ने। कोई साथ न दे तो चलना थोड़े ही छूटेगा। चलती रहो नैना। सफर लंबा सही, पर तुम्हारी हिम्मत से बड़ा नहीं हो सकता। शायद तुम्हें चलता देखकर कुछ आँखों वाले भी सही राह चलना सीख जाएँ।

2

स्वप्न

“पिचानवे...छियानवे......निन्यानवे सौ।” पूरे सौ नोट, पाँच-पाँच सौ के......गिनते-गिनते गायत्री के गोरे चेहरे पर संतोषभरा पसीना चुहचुहा उठा। जून की तपती दोपहर में भी उसे लगा जैसे वह बरखा की रिमझिम फुहारों तले भीगती जा रही है। ‘आज पूरे पचास हजार गणेश की हथेली पर धर कर कहूँगी कि लो मिस्टर गणेश सिन्हा, आज तक तुम पैसों का रोना रोते आए हो ना, आज तुम्हारी धर्मपत्नी ने वह समस्या भी हल कर डाली। अब कोई बहाना नहीं चलेगा। बड़ा न सही, छोटा ही बनवा लेंगे, बनेगा तो...।’ गणेश सिन्हा की हथेली पर पचास हजार धर कर गायत्री सिन्हा बनवाना चाहती थी सपनों का महल, अपना घर, जिसका सपना तिल-तिल कर जोड़ते उसके वैवाहिक जीवन के बीस साल खर्च हो गए थे। घर तो गायत्री और गणेश के पास अब भी अपना ही था, गणेश के पिता का बनवाया हुआ। शहर के एक मध्यमवर्गीय इलाके के बीचोबीच। इसी घर में गणेश का जन्म हुआ था। गायत्री का आगमन, फिर उसके दोनों बच्चों का जन्म व उनका लालन-पालन। फिर क्यों लगता था गायत्री सिन्हा को कि पूरा नहीं हो पा रहा उसके घर का सपना। कारण थे भी और नहीं भी। गणेश को यह इच्छा महज़ उसके दिमाग की खब्त लगती और गायत्री सोचती, जब तक मुर्ग-मुसल्लम जबान पर नहीं चढ़ता, हर शाकाहारी अपने भोजन को ही उत्तम समझता

है। वह कैसे खींच सकती थी गणेश को अपने बचपन और किशोरावस्था की यादों में, जहाँ उसके फौजी पिता के रौबदार पद और सधे-सधाए कैंटोनमेंट के जीवन ने उसके ठसकेदार व्यक्तित्व की एक-एक ईंट गढ़ी थी। कर्नल प्रताप राय की बड़ी बेटी गायत्री, तीनों भाई-बहनों में सबसे लाड़ली ही नहीं, सबसे प्रतिभा संपन्न भी थी। सारी फौजी बिरादरी में उसके रूप और गुणों की तूती बोलती थी, पर सारी तड़क-भड़क अपनी जगह और गायत्री राय की गंभीरता एक तरफ। युवावस्था तक आते-आते उसने माँ को खो दिया था। यही अहसास उसे पिता की कच्ची गृहस्थी के प्रति अति संवेदनशील बना गया था। भाई-बहनों की पढ़ाई से लेकर रसोई और भंडार का एक-एक सूत्र उसने विष्णुसहस्त्रनाम के मुश्किल श्लोकों की भाँति कंठस्थ कर लिया था। आवश्यकता से अधिक काम से परेशान बूढ़े पिता और अबोध भाइयों की चिंता उसे समय से पहले ही परिपक्व बना गयी थी। अपने यौवन के उच्छ्वास को वह सारे घर की धमनियों में रक्त बना-बना दौड़ाती रहती और उनके थकेमांदे चेहरों पर अपने उत्साह की तूलिका फेर नए-नए रंगों से सँवारती रहती। कभी घर की कलर स्कीम बदल डालती, तो कभी हरेभरे लॉन की क्यारियों के फूलों को सँवारने में डट जाती। घर के कोने-कोने की खबर उसे चुटकियों में हो जाती। किस खानसामा ने घी में डालडा मिलाया, किस ड्राइवर ने पेट्रोल की टंकी में छेद किया और किस धोबन ने नील के डब्बे में, वह सहज ही भाँप लेती। फिर उस अभागे की जो शामत आती, उससे तो उसके कर्नल पिता भी विचलित हो उठते। 'काश यह मेरी बेटी न हो कर बेटा होती, तो मैं सारे मेडल इसकी छाती पर बाँध स्वेच्छा से रिटायरमेंट ले लेता,' प्रताप राय सोचते और सोच कर रह जाते। चाह कर भी उसे डॉक्टरी या इंजीनियरिंग की पढ़ाई की ओर नहीं ठेल पाए थे वे। बहुत कहने पर बीएड भर कर लिया था गायत्री ने। वह भी इसलिए कि दिनभर नौकरों की कवायद के अलावा कुछ 'क्रिएटिव' करने को तरस जाती थी वह।

फिर अचानक ही उसके जीवन में धूमकेतु सा प्रकट हुआ था गणेश सिन्हा का विवाह प्रस्ताव। कर्नल के एक हितैषी ने ही उन्हें समझाया था, "अपनी इस रजिया सुल्तान के लिए कोई सुल्तान अपनी कायस्थ बिरादरी में ढूँढते-ढूँढते तुम्हारी उम्र बीत जाएगी प्रताप। इससे पहले कि कोई इसे ले उड़े, तुम एक बार गणेश से मिल लो। मैं कभी तुम्हारे द्वार पर दूसरा रिश्ता ले कर नहीं आऊँगा।" कर्नल की तेज़ी से सफेद होती कनपटियाँ बिना कुछ कहे ही सब समझ गयी थीं। बिन माँ की दो लड़कियों का बोझ, सोलह साल के किशोर बेटे तथा दिनोंदिन पास आते रिटायरमेंट की चिंता ने जैसे ठेल कर ही उन्हें गणेश सिन्हा के दफ्तर ला खड़ा किया था। ओहदा कोई बहुत बड़ा नहीं था। सेल्स टैक्स दफ्तर के कंप्यूटर विभाग में सहायक अभियंता था गणेश। पर कर्नल क्या केवल उसकी मेज की लंबाई नापने गए थे? बड़े-बड़े लोगों से उम्रभर वास्ता पड़ा था प्रताप राय का। वे जानते थे कि अपने व्यक्तित्व पर मँहगी पॉलिश चढ़ाना आसान है, पर समय के थपेड़ों से उसे बचाना बेहद कठिन। सफेद पैंट-कमीज में सीधा सरल, होंठों पर सहज ही विभक्त हो रही मूछों की पतली रेखा और माथे पर लगा पीले चंदन का टीका बता रहा था कि पूजा के बाद उसे पोंछने की कोई चेष्टा नहीं की गयी है।

ज्यादा बातचीत की आवश्यकता नहीं महसूस हुई थी कर्नल को। घर लौट कर उन्होंने गायत्री से कहा, "मैंने अपना कोई फैसला कभी तुम पर लादा नहीं है बेटे, पर इतना अवश्य कहूँगा कि उस पर विश्वास करके तुम पछताओगी नहीं। तुम पहले स्वयं गणेश से मिल लो, फिर मुझे जवाब देना। रूप और चरित्र का संयोग जीवन में दुर्लभ ही है। खुद देखोगी, तो समझ जाओगी।"

गायत्री के नीचे नयन सब समझते थे। इसीलिए दिमाग सातवें आसमान पर होते हुए भी उसने ज़मीन पर चलने से कभी परहेज नहीं किया था। 'अभी मिलने की ही तो बात है, क्या सब कुछ पक्का होना इतना आसान है?' सोचते-सोचते उसने हामी भी दी थी।

भेंट के दिन अपनी असंख्य साड़ियों में से छाँट कर उसने पहनी पीली चंदेरी की साड़ी, लंबी चोटी में खोंसी पीले गुलाब की कली और कानों मे माँ के दिए हीरे के कर्णफूल, जो उसके गेहुंए रंग को तपे सोने सा दहका देते थे। वह भी देख लेगी, क्या है उस गणेश सिन्हा में, जो पिता के पैर जमीन पर नहीं पड़ रहे। किंतु वह क्या जानती थी कि जिस सोने को वह अपनी कसौटी पर कसने चली थी, उसकी खरी चमक से स्वयं ही चकाचौंध हो जाएगी।

चतुर कर्नल ने उन्हें बगीचा देखने के बहाने अकेला छोड़ा, तो गणेश ने ही चुप्पी का आवरण तोड़ा था, "आप कहिए मिस राय, क्या जानना चाहती हैं मेरे बारे में?"

गायत्री चुपचाप अपने मनोभावों को तौल रही थी। कुछ कहते न बना, तो वही प्रश्न उसने वापस ठेल दिया था, "आप ही पूछ लीजिए, जो पूछना हो।" बदले में जो उत्तर उसे मिला, एकदम अप्रत्याशित था, "विवाहपूर्व बातचीत को मैं ज्यादा महत्त्व नहीं देता, मिस राय। इस समय मैं भी बेस्ट बिहेवियर में हूँ और आप भी। न ही हम आप उस सोलह-सत्रह बरस के घेरे में हैं, जहाँ पसीना भी गुलाब होता है। विवाह के लिए तो चाहिए बस अटूट विश्वास और आश्वासन, जिसके लिए दूसरे से अधिक स्वयं में यकीन होना चाहिए। और इतना तो मैं कह ही सकता हूँ कि यही यकीन आप यदि मुझ पर करेंगी, तो स्वयं को दोषी नहीं पाएंगी।"

गायत्री के लिए यह सब कुछ एकदम नया ही था। किशोरावस्था से ही वह पिता के मातहत काम करते कैप्टन्स और लेफ्टिनेंट्स देखती आयी थी। उस चपल-चंचल झुंड को वह कभी अपने हृदय में जगह नहीं दे पायी थी। न ही कर्नल ने कभी इसका दुख मनाया था। आज यह सीधा-सरल वक्तव्य उसके अहं को ध्वस्त करने में इसीलिए कामयाब रहा था। मौन सहमति के हस्ताक्षर उसके गुलाबी चेहरे पर स्पष्ट उभर आए थे।

फिर कर्नल ने देर नहीं की थी। गणेश की विवाहित बड़ी बहन और विधवा माँ से आदरपूर्ण सहमति ले, उन्हें शगुन के टोकरों से लगभग लाद ही दिया था। हाँ, घर देख कर वे थोड़ा डगमगाए अवश्य किंतु तुरंत ही अपनी बेटी के बुद्धि चातुर्य को याद कर आश्वस्त हो उठे थे। गायत्री एक बार इस घर की बागडोर संभाल तो ले, सारे घर का कायापलट करके रख देगी।

कर्नल का पूर्वानुमान व्यर्थ नहीं था। अपनी प्रतिभा का ठप्पा घर पर ही नहीं, बल्कि घर के प्रत्येक सदस्य पर लगाने को आतुर गायत्री विवाह के तुरंत बाद ही इसमें जुट गयी। गणेश की सफेद पैंट-कमीज़ों से उकता उसने नए-नवेले शेड्स की बहार लगा दी थी। साथ ही बदल डाली थी उसकी वे सभी पुरानी चीजें, जो किसी बाहरी व्यक्ति की रुचि में विघ्न डालें। नए जूते, टाई, ब्रीफकेस, कर्नल का दिया नया स्कूटर, सभी कुछ मानों गणेश सिन्हा को झाड़पोंछ कर नया बनाने को आतुर थे।

उसके सभी विरोध अपनी मुखर हंसी से म्लान करती गायत्री कुशल छलनामयी की तरह उसके दिलोदिमाग पर छा गयी और अपनी इस नयी स्थिति का कुछ-कुछ आनंद तो गणेश को भी आने लगा था। घर लौटने पर मिलती टीकोज़ी में गरमाती चाय, धुला प्रेस किया कुर्ता-पायजामा और सजीधजी पत्नी का मधुर साहचर्य। फिर कौन बेवकूफ परवाह करता कि नयी चीजों को धूल चटाने में अच्छी खासी तनख्वाह हवा हो रही है।

किंतु परवाह की थी गायत्री ने ही, क्योंकि थोड़े ही दिनों में वह जान गयी थी कि उसके पति का पद दुधारू गाय की भाँति दूध दुहने वाला नहीं, बल्कि नियमों में बँधे ग्वाले की तरह दो सेर दूधभर देनेवाला है। उस पर इनेगिने टैक्सों की मिलावट उसे ज्यादा पीने लायक रहने भी नहीं देती। ससुर अपनी विरासत में उस मकान के अलावा कुछ छोड़ नहीं गए थे और नौकरी से ज्यादा हाथ-पैर मारने गणेश के बस की बात नहीं थी। पर यही सब जान कर चुपचाप रूखी-सूखी से संतोष कर ले,

गायत्री वह गृहिणी थी ही नहीं। समय काटने को जो बीएड उसने कभी की थी, उसी के बल पर एक प्राइवेट स्कूल में अध्यापिका के लिए चुपचाप अरजी दे दी और अपने सैनिक स्कूल की प्रतिभा के बल पर चुन भी ली गयी। गणेश को खास वजह नहीं लगी एतराज करने की और सास के मौन विरोध की दहलीज साहसपूर्वक लाँघ गायत्री स्कूल जाने लगी। फिर महीना पूरा होते ही, जब उसने पहली तनख्वाह सास के हाथ पर रखी, तो उन्होंने भी उसे क्षमा कर दिया। सोचा, आखिर वह पढ़ी-लिखी है, उनकी तरह अनपढ़ नहीं। खुद काम करके चार पैसे कमाना चाहती है, तो बुरा ही क्या है?

बाहर जाकर जब गायत्री का वास्ता उस नामीगिरामी स्कूल की भड़कीली अध्यापिकाओं से हुआ, तो उसे एकबारगी सकुचा कर रह जाना पड़ा। अपने सीमित वार्डरोब की सारी साड़ियाँ एक-एक कर पहन डालने पर भी वह उस भीड़ में अलग-थलग पड़ जाती थी। कभी-कभी उसे लगता कि वह व्यर्थ ही उस चूहा दौड़ में फँस गयी है। किंतु अगले ही पल उसके फौजी संस्कार उसे फिर उठ कर मुकाबला करने को उकसा देते। कपड़े-जेवर का मामला तो वह फिर भी सुलझा लेती, पर एक बड़ा फ्रंट जहाँ वह खुद को हारता महसूस करती, वह था घर। वही घर, जहाँ का रहन-सहन एकदम से आगे जाने को आतुर गायत्री की टाँग खींच कर उसे दो कदम पीछे ढकेल देता।

मकान बेहद खुला और हवादार बना था, लेकिन यही खुलापन गायत्री का सिर दर्द बन जाता, जब बगल के पेड़ों के पत्ते गिर-गिर कर आँगन में ढेर होते जाते। साथ ही आता तरह-तरह का कूड़ा-करकट, जो दसियों बार बुहारने पर भी साफ नहीं होता। गायत्री के ससुर ने बाकी पड़ोसियों की तरह कमरों के लालच में सारा आँगन नहीं घेरा था। इसीलिए धूप और रोशनी के चमकदार टुकड़े छन-छन कर सर्दियों को गुलज़ार किए रहते। किंतु गायत्री के मायके की तरह आँगन कुटी छवाएवाली छतरी तले चाय पीने की सुविधा यहाँ नहीं थी। सुबह होते

ही सास की जान पहचानवाली मित्रमंडली घेरा डाल कर खाट पर जम जाती और साथ रहते सर्दियों के वे भी काम, जिन्हें गायत्री अपनी चतुर बुद्धि के जरिए एक एक्स्ट्रा की भाँति निबटाती आयी थी। कोई महिला स्वेटरों की सलाई तेजी से चलाती, कोई बनाती ऊन के गोले, किसी के हाथ में रहती तुरपाई के लिए उधड़ी पैंट या ब्लाउज, तो एकाध जनी एक पूरे हिस्से पर चटाई बिछा गाजर-गोभी के अचार के लिए सब्जी फैलाने लगती। आसपास की चहल-पहल से अभिभूत गायत्री की सास भी अकसर कुछ ऐसा करने को उत्साहित हो उठतीं, जो गायत्री की भवें चढ़ाने को पर्याप्त होता। अचार, बड़ी, पापड़ वह हमेशा मंगवाती रिफ्यूजी सोसाइटी से और बच्चों के स्वेटर अपने मायके में काम करती कश्मीरी महिला से। इन सब कार्यों की अपेक्षा उसे बेहतर लगता कि गुनगुनी धूप में किसी मनपंसद किताब को गरमागरम चाय की तरह भीतर उतारा जाए, किंतु बाहर की चिल्ल-पों यह कभी होने नहीं देती। उस घरेलू समाज में वह घुलने-मिलने की चेष्टा भी करती, तो वही उसके अभिजात्य को आँख की किरकिरी समझ उसे परे खदेड़ देता और वह उनकी संकीर्णता पर भन्ना कर रह जाती।

घर के भीतर भी गायत्री ने चाहा कि नया-नवेला कलेवर रच सके, पर उसके मन के कलाकार को ऐसी चुनौतियों का सामना करना पड़ता कि वह थकहार कर बैठ जाती। उसके अपने कमरे का एक-एक फर्नीचर उसी की छँटी-छँटाई पसंद का था, पर रेशम पर टाट का पैबंद लगाती झड़ती दीवारें, जिनका चूना गिर-गिर का कच्चे फर्श को धूमिल किए रहता। गायत्री-गणेश के ब्याह से पहले पूरे घर की पुताई करायी गयी थी, पर सीलन ने नयी सफेदी के खोल को उतार फेंका था। गायत्री लाख झाड़-पोंछ करती, पर वही ढाक के तीन पात। वॉल टू वॉल अलमारियों की अभ्यस्त, हर चीज को जगह पर रखने की कायल, जब उसे पुराने कोनों में बने जीर्णशीर्ण आलों में सामान रखना पड़ता, तो वह चिंहुक उठती। आखिर क्या फायदा ऐसे बड़े घर का, जहाँ गृहस्वामी ने एक ढंग की अलमारी तक बनवाने की नहीं सोची?

यही हाल कमोबेश बाकी दो कमरों का था। सास का काम तो जैसे-तैसे चल जाता। अपने इनेगिने कपड़े वे संदूक में धर, ऊपर चादर बिछा देतीं। एक ठाकुर जी के अटारे के सिवा ज्यादा तामझाम वे रखती नहीं थीं और सोने के लिए एक नीचा दीवान सदैव एक मोटी हैंडलूम की चादर से ढका रहता।

गायत्री को सबसे ज्यादा चुभती बैठक की स्थिति। गोलाकार कमरे को वह किधर से सजाए, कैसे सँवारे, उसे समझ ही नहीं आता। फर्नीचर का तो वह कुछ कर नहीं पाती, किंतु दीवारों पर निरर्थक बने फट्टे चिरकाल से मानो उन्हीं शीशे के शोपीसों से पटे पड़े थे, जिनके शीशों में चमक की जगह अब धूल ही नजर आती थी। पंखा चलता धीमे-धीमे, ऊंची रॉड से लटकता सीलिंग फैन मानो पूरे कमरे को हवा का भ्रम ही अधिक देता था, हवा नहीं। फिर प्रत्येक दीवार में लगी लंबी-चौड़ी खिड़कियों का क्या औचित्य था, वह समझ नहीं पाती, जिनके खुलते ही कमरा हवा से अधिक धूल के अंबार से पट जाता।

गणेश ने भरसक कोशिश की थी कि थोड़े बहुत फेरबदल से वह घर को गायत्री के मनोनुकूल बना सके, किंतु उसकी मध्यवर्गीय बुद्धि की दौड़ भी मुल्ला की तरह मस्जिद तक ही थी। आँगन में दस-बारह सीमेंट के गमले और रसोई में चमकदार टाइलें लगवा कर उसने समझा कि मोर्चा मार लिया गया है। किंतु पत्नी की पारखी नजर उसके आगे क्या-क्या जाँचती-नापती है, यह वह समझ ही नहीं पाया था।

धीरे-धीरे गायत्री भी जान गयी थी कि पुराने कुँए की तरह इस मकान की खंदक को जितना भी पाटो वह भर कर कभी नहीं देगी। उसका जल पी कर कलेजा ठंडा हो तो हो, उसके चौड़े पाट में अपना चेहरा साफ कभी नहीं देखा जा सकेगा। यही सोच कर उसकी कल्पना के घोड़े अब उस दिशा में दौड़ने लगे थे, जहाँ दूर-दूर तक गणेश सिन्हा ने कभी कदम धरने की भी नहीं सोची थी। अपने पिता और साथ की अध्यापिकाओं से वह अक्सर उन जमीनों के पते जानने को उत्सुक

रहती, जो ठीकठाक पैसों में शहर के आसपास ही खरीदी जा सकें। कर्नल अपनी अनुभवी नजर उसकी आकांक्षाओं पर डालते, तो पाते कि उनकी पुत्री उस मरीचिका में फँस चुकी है, जिसका निदान उसकी चादर के कहीं बाहर है। साथ ही वे जानते थे कि गणेश कभी उसे वह चादर लाँघने की अनुमति नहीं देगा, इसीलिए और चिंतित हो जाते। "तुम एक छोटे-मोटे अपार्टमेंट की सोचो तो बेहतर होगा बेटे, आजकल सभी जगह ऐसी हाउसिंग सोसाइटियों की भरमार हो गयी है, जो आसान किस्तों पर बेहद अच्छे मकान उपलब्ध करवा देती हैं।"

"अपार्टमेंट के नाम पर मुझे कोई कबूतरखाना नहीं खरीदना है पापा, घर तो अब भी है हमारे पास। बात तो रुचि की है सारी, कोई तो सूखी रोटी से ही संतुष्ट हो जाता है और किसी को सिक्स कोर्स डिनर भी पूरा नहीं पड़ता।"

कर्नल हंस कर रह जाते, पर साथ ही चिंतित भी हो उठते कि कहीं इस भागदौड़ में उनकी बेटी जीवन के बाकी हर्डल न भूल जाए। किंतु गायत्री का उत्साह कुछ ऐसा था कि सुबह से शाम, चक्करघिन्नी की तरह नाच की भी उसे थकने नहीं देता, बल्कि और उत्साहित कर छोड़ता। सुबह के चाय-नाश्ते से ले कर बच्चों व गणेश का टिफिन, दोपहर का भोजन, साफ-सफाई, महरी की छुट्टियां, नौकरी की हड़बड़ी, सब कुछ वह हंसते-हंसते निबटाती रहती, यही सोच कर कि पिता ने जिस एजेंट से बात की है वह जल्द ही एक बढ़िया ज़मीन उसे बेहद वाजिब दामों में दिलानेवाला है।

डरते-डरते उसने गणेश को अपनी योजना बतायी, तो वह एक बार को चौंक ही गया। "तुमने इतनी दूर तक खिचड़ी पका डाली और मुझे खबर भी नहीं," उसके स्वर में हैरानी कम ताना अधिक था।

"पकायी भी तो क्या सिर्फ अपने सुख के लिए, गणेश? इसमें क्या हम-तुम दोनों के परिवार का सुख निहित नहीं है? तुम जानबूझ कर कभी मेरी ऐसी योजना को प्रश्रय नहीं देते, फिर पापा ने भी सभी कुछ

देखभाल कर वह जमीन हमारे लिए चुनी है। मुझ पर नहीं, तो उन पर तो यकीन है न तुम्हें?"

"बात यकीन की नहीं, अपनी-अपनी हैसियत की है गायत्री," गणेश इस अचानक ही प्रकटे प्लान से अभिभूत होने को तैयार नहीं था, "हम-तुम जिस स्थिति में हैं, वहाँ नहा कर निचोड़नेभर को पानी बच जाए यही बहुत है। और तुम हो कि बाल्टी भर-भर उड़ेलने की तैयारी में लगी हो।"

"यहीं तो हमारी-तुम्हारी सोच पलटा खा जाती है," गायत्री मुस्कराते हुए बोली, "आगे बढ़ने के लिए आगे की सोचना तो जरूरी है ना। मुझ पर भरोसा रखो पतिदेव! कभी भी झोंपड़ा तोड़ कर महल बनाने को नहीं कहूंगी, बल्कि एक-एक ईंट जोड़ कर घरौंदा बनाऊंगी, याद रखना।"

गणेश समझ नहीं पाया कि अपनी धर्मपत्नी की इस बात पर वह संतुष्ट हो या प्रसन्न, पर इतना वह बेशक जान गया था कि गायत्री को उसके सपनों के आकाश से उतार असलियत की जमीन पर लाना फिलहाल असंभव है। और इतना सोचने का सामर्थ्य उसमें था ही नहीं कि गायत्री के सपने खुद उसे ही अपने सिद्धांतों की जमीन छोड़ने पर विवश कर देंगे। धीरे-धीरे ही सही, अब उसे भी इस काल्पनिक अभियान में आंनद आने लगा था। कर्नल, गायत्री और वह अकसर चाय की चुस्कियों के बीच अनेक प्लान देखते-बूझते रहते। फिर आखिरकार उन्हें अपने मनमुताबिक जगह मिल ही गयी। कुछ लोन, कुछ बचत और बाकी कर्नल ने खुद ही आर्थिक मदद कर उनके लिए एक टुकड़ा उपलब्ध करा दिया था। गायत्री-गणेश जानते थे कि माँ जी कभी भी अपने पति की धरोहर बेच कर उन्हें नए मकान के लिए पैसे नहीं देगी सो उन्होंने उस पक्ष को छेड़ना उचित नही समझा।

धीमे-धीमे चलती मकान की गाड़ी वैसी ही बन निकली थी, जैसा गायत्री ने सोचा था। छोटा पर सुंदर, सुरुचिपूर्ण, व्यवस्थित घर। एक-एक

चीज गायत्री खुद परखती, खरीदती, मोलभाव करती, बाथरूम की टाइलें हों, रसोई का कोटास्टोन या फिर छोटा सा कोई पौधा। सपनों की दीवारों से घिरा गायत्री और गणेश सिन्हा का घरौंदा आकार लेने लगा था। गायत्री का पल–पल अब उसी कल्पना को जीते हुए बीतता। सामने का दरवाजा घिरा रहेगा लवंगलता से, कोने में होगा मनीप्लांट, और मुंडेर पर लिपट कर ठंडक देगी परदा बेल। आखिर लॉन न सही, अपने ढंग से बनी अपनी जमीन को खूबसूरत तो बना सकती है वह। गणेश को भी अब उसकी इच्छाशक्ति का लोहा मानना ही पड़ा था। रात–दिन मिट्टी–गारे के बीच, मिस्त्रियों–कारीगरों से जूझती अपनी पत्नी को देख उसे लगता कहीं न कहीं उसने गायत्री को काफी अंडरएस्टिमेट किया है।

आखिर घर बनेगा, तो वह अकेली तो उसे भोगेगी नहीं। सारे घर को अपने उत्साह की लहर में लपेटते हुए गायत्री ने दिखा ही दिया था कि लगन और मेहनत के आगे कुछ भी असंभव नहीं है। पति और बच्चे तो इस मुहिम में उसके साथ थे ही, सास का मौन विरोध भी अब धीमे–धीमे सहमति में बदलता जा रहा था। पूरे पाँच वर्ष लगे थे गायत्री को अपना सपना पूरा करते–करते, और वह जान ही नहीं पायी थी कि ये बरस उसकी उम्र से कैसे वे पल चुरा ले गए थे, जिन्हें समय की सुइयाँ कभी लौटा नहीं सकती। कोई फालतू खर्च, कोई शौक, कोई सैर–तफरीह नहीं, बस एक ही धुन, एक ही जंग, कैसे सारे खर्च निचोड़ कर मकान की ईंट–ईंट जोड़ी जाए। गणेश और उसके वैवाहिक जीवन का सुनहरा काल जिस गृहयज्ञ की भेंट हुआ था, वह जब पूर्णाहुति तक पहुँचा, तो गायत्री को लगा जैसे एक उम्र गुजर गयी। तुरंत घर बदलना तो संभव था नहीं, सो घर किराए पर चढ़ाना ही उन्हें वाजिब जान पड़ा था। आते हुए पैसों से ऋणों की किस्तें तो हल्की की ही जा सकती थीं। यों ही वक्त बीतता गया। जिस परम उत्साह से इस सपने का नक्शा तैयार हुआ वह धीमे–धीमे गृहस्थी की दूसरी जिम्मेदारियों में उलझ गया था। बच्चों की पढ़ाई, उनके कैरिअर का खर्च, इन सबसे जूझते हुए

लगता कि किराए की रकम एक बेहद सुदृढ़ हथियार है इस जंजाल से निबटने का। फिर भी एक दिन गायत्री ने दिल पक्का कर गणेश से बात छेड़ ही दी, "किराए पर तो हम यह घर भी दे सकते हैं, अब यहाँ टिके रहने का क्या औचित्य है?"

"मैं तो खुद तुमसे यह बात करना चाह रहा था," गणेश के स्वर में न आश्चर्य था न ही उत्साह, एक झिझक थी, जिससे गायत्री भलीभाँति वाकिफ थी।

"कौन सी बात?" उसने डरते-डरते पूछा।

"यही कि अब वरुण के मेडिकल में जाने का वक्त आ गया है।"

"तो?" गायत्री ने समझ कर भी न समझने का प्रयास किया।

"देखो गायत्री, मुझे गलत न समझना। माना कि हमने बड़े अरमानों से राजनगर का मकान खड़ा किया है। पर बाकी अरमान भी तो अपनी जगह कायम हैं। वरुण अपने बलबूते पर मेडिकल में दाखिला ले भी ले, तो भी होस्टल और कॉलेज की पहली फीस पैंसठ हजार से कम नहीं बैठेगी। फिर हर महीने का खर्च, हमारे आने-जाने का किराया, कुल जमा ना-ना करते हुए भी बीस-पच्चीस हजार का खर्चा प्रतिमाह। यह सब कैसे होगा, सोचा है तुमने?"

"तुम आखिर कहना क्या चाहते हो?" गायत्री के दिमाग की नसें तन चुकी थीं।

"यही कि हमारी-तुम्हारी तनख्वाह यह सब नहीं मैनेज कर पाएगी। हमें सोचना पड़ेगा कि यह सब हम कहाँ से......"

"यानी?" गायत्री को अपने कानों पर यकीन ही नहीं हो रहा था।

"यानी यही कि हम घर में अभी शिफ्ट न हो कर कुछ समय तक इंतजार करें। लीज़ कम से कम पाँच साल की तो होगी। तब तक वरुण भी सेटल हो जाएगा। उसके बाद......"

"उसके बाद कुछ नहीं गणेश," गायत्री का स्वर भर्रा उठा था, "जिंदगी का हिसाब-किताब बहुत कर लिया हमने। जिंदगी जी नहीं। अब जा कर समझ आया कि जिस जिंदगी के पीछे मैं अब तक भागती आयी, वह तो मेरे संग-संग बूढ़ी होती जा रही है। हम-तुम ईंट-ईंट जोड़ कर सपनों का महल बनाते रहे, और सपनों का पीछा करने में यह नहीं याद रहा कि हकीकत कहीं ज्यादा बड़ी और कठोर है।"

"क्यों जी छोटा करती हो," गणेश भी उसके दुख से मर्माहत हो उठा था। "कभी तो सपने पूरे होंगे ही, आखिर इतने जतन से तुमने यह सब खड़ा किया है।"

"हाँ गणेश, जरूर पूरे होंगे ये सपने! पर मुझे अब केवल वास्तविक जीवन जीना है।"

3

मन का बाँध

"आंटी......ई......ई..."

फूलों से ढकी बालकनी को फलांगती हुई यह आवाज जैसे ही कानों में पड़ी, साड़ी तह करते हुए सुषमा जी के हाथ वहीं थम गए।

"आयी बेटा ..." कहते हुए उन्होंने शीशे पर पड़ा जालीदार परदा सरकाया, तो वही तीन मास पूर्व परिचित चेहरा हँसता-खिलखिलाता अपनी बालकनी से हाथ हिलाता उन्हें निहार रहा था।

"आंटी, मैं और मम्मी अभी बाज़ार जानेवाले हैं। आपको कोई चीज चाहिए, तो मैं लेती आऊँ,"

"नहीं वरालिका," सुषमा जी बोलीं। "अभी कल ही मैं और आशु सब सामान ले कर आए हैं। कुछ चाहिए होगा तो तुम्हें पुकारूंगी ही।"

"ओके आंटी, सी यू।" कहते हुए वरालिका अंदर भाग गयी। पर सुषमा जी कुछ देर वहीं खड़ी उस खिलखिलाहट भरे स्वर की बौछार में भीगती रहीं। इस कॉलोनी में आए उन्हें तीन महीने ही हुए थे। आशु के पिता, सुषमा जी के पति नवीन माहेश्वरी प्रोजेक्ट इंजीनियर थे। काफी समय मुंबई में रहने के बाद कोल्हापुर जैसी छोटी जगह में यह प्रोजेक्ट उनके सुपुर्द किया गया था। सुषमा जी और आशु भी साथ हो लिए थे। कारण, एक तो उनका परिवार के प्रति अत्यधिक जुड़ाव, दूसरे दो साल के अंदर ही प्रोजेक्ट पूरा करके वे वापस मुंबई जा सकते थे।

अतः सुषमा जी को निर्णय में अधिक समय नहीं लगा था। हाँ, कॉलोनी में सामान उतरवाते समय वे चौंक अवश्य गयी थीं। मुंबई की आपाधापी के बिलकुल विपरीत एक शांत, सिमटी सी जगह, करीब सत्तर-अस्सी फ्लैट जहाँ इंजीनियर परिवार देश के सुदूर कोनों से आ बसे थे।

"शुक्र है कुछ दिन आशु साथ है," उन्होंने गंभीर निश्वास लेते हुए सोचा था। आशुतोष उनका एकमात्र पुत्र सारे परिवार की आँखों का तारा, जो पूना इंजीनियरिंग कॉलेज से अपनी वार्षिक छुट्टियाँ बिताने आया हुआ था। तब भी उस निर्जन स्थान में सुषमा जी का ध्यान इसी खिलखिलाहट ने भंग किया था। सामने वाले फ्लैट में दो लंबी चोटियाँ झुलाते हुए एक चौदह-पंद्रह बरस की किशोरी अपनी एक सखी के साथ बालकनी की रेलिंग पर लटकी गप्पें हाँक रही थी। सुषमा जी को अपनी ओर निहारते पाया, तो किस्सों पर ब्रेक लग गया था और एक मधुर संबोधन हवा में तैर कर उन तक पहुँच गया था।

"हेलो आंटी! आप लोग आज ही आए हैं? हम आपके ठीक सामने रहते हैं। देखिए ना, आपकी और हमारी बालकनी एकदम फेस टू फेस है। मैं हेल्प कराने आऊँ क्या?"

और इससे पहले कि सुषमा जी कोई उत्तर दें, वरालिका सीढ़ियाँ फलांग कर उनके पास पहुँच चुकी थी। उसकी माँ श्रीमती शिरोड़कर भी साथ थीं।

"आपको किसी भी चीज की जरूरत हो, तो निस्संकोच वरालिका या मुझसे कह दीजिएगा। अच्छा हुआ हमारा सामना आबाद हो गया। वरना हमारी बगल के पड़ोसी तो ऐसे हैं कि सुई गिरने की आवाज तक नहीं आती," श्रीमती शिरोड़कर ने कहा, तो सुषमा जी समझ गयीं कि वे भी उन्हीं की तरह इस स्थान की निर्जनता से आक्रांत हैं।

"आप चिंता मत कीजिए, अब तो आपको हमारे घर से रोज रॉक संगीत की सुर लहरियाँ सुनायी देंगी। आशु तो धीमा संगीत सुन ही नहीं सकता," सुषमा जी बोलीं।

"संगीत तो होता ही ऊँचा सुनने के लिए है," वरालिका पट से बोल पड़ी, ''यू नो आंटी, मेरी और मम्मी की भी इसी बात पर लड़ाई होती रहती है।"

"कोई बात नहीं, अबसे तुम यहाँ आ जाया करना," सुषमा जी ने हंसते हुए कहा।

बस, तब ही से वरालिका की खिलखिलाहट माहेश्वरी परिवार का अभिन्न अंग बन गयी थी। "कितनी प्यारी गुड़िया सी है......," वे मन ही मन सोचतीं। आशु के जन्म के बाद जब डॉक्टर ने उन्हें दोबारा माँ बनने से रोका था, तो पुत्र की खुशी के बावजूद उनके भीतर कुछ कहीं टीस सा गया था। नवीन के बेहद समझाने के बाद ही वे कुछ हद तक संभली थीं। यही सोच कर मन को तसल्ली दी थी कि ईश्वर ने एक सौगात तो उनकी झोली में डाली। फिर आशु जैसा पुत्र-उन्नीस बरस की आयु में ही पिता के कद को मात देती लंबाई, गोरा-चिट्टा, लाल भभूका रंग। धूप में बैंडमिंटन खेल कर आता तो लगता कि गाल छूते ही फूट पड़ेंगे। और अब तो जबसे पूना पढ़ने गया था, मूंछों की एक पतली रेखा भी होठों पर झलकने लगी थी। सुषमा जी देखते हुए भी अनदेखा करने का असफल प्रयास करतीं। उनकी सास जो कहा करती थीं, "माँ की नजर सबसे पहले लगा करती है।" सुषमा जी ने अपनी सारी ममता, सारा ध्यान आशु के लालन-पालन में लगा दिया था। और अब वरालिका ...

न जाने कौन सी छुपी हुई ममत्व की गागर उनके अंदर टटोल-टटोल कर बिखरा जाती थी।

"आंटी, आपके बाल कितने सुंदर हैं, मैं तेल की मालिश कर दूँ?"

"आंटी, मैं आशु की किताबें ठीक कर दूँ? कितना फैला पड़ा है उसका कमरा......"

"अरे नहीं बेटा, तुम कुछ मत करो। वरना आते ही चिल्लाने लगेगा कि फलाँ कागज नहीं मिल रहा, किताब कहाँ रखी..." सुषमा जी ने उसे रोकना चाहा।

"आप कहना, जो नहीं मिल रहा, वरालिका से पूछ लो," पट से जवाब दे, वह धृष्ट लड़की किताबों के महासागर में कूद पड़ी थी। आधे घंटे के बाद ही सुषमा जी ने देखा, किताबें अपनी जगह, कपड़े अलमारी में, प्रत्येक वस्तु करीने से लगी कमरे की शोभा में चार चाँद लगा रही थी।

"तुमने बेकार ही इतनी मेहनत की बेटा, दो दिन बाद फिर वही हाल हो जाएगा।"

"कोई बात नहीं आंटी," वरालिका हंसते हुए बोली, "मैं फिर ठीक-ठाक कर दूँगी। मैं कौन सा भागी जा रही हूँ?" कहते न कहते, वह भाग ही गयी थी।

सुषमा जी कुछ अचकचा सी गयीं। फिर एकदम ही उसकी स्वाभाविक चंचलता समझ कर उन्होंने उसे सामान्य रूप से ले लिया था और काम में व्यस्त हो गयीं। शाम की चाय के बाद वे बालकनी में खड़ी पौधे ठीक कर रही थीं। आशु नीचे बैडमिंटन खेलने गया था।

अचानक उन्होंने देखा वरालिका भी बालकनी में खड़ी रेलिंग पर हाथ टिकाए गुमसुम सी नीचे देख रही है। आज पहली बार उसका ध्यान अपनी ओर न पा कर सुषमा जी को कुछ अटपटा सा लगा।

उन्होंने नजर नीचे दौड़ायी, तो देखा आशु हाथ में रैकेट झुलाता हुआ अपने एक दोस्त से हंस-हंस कर बातें कर रहा था। उन्होंने झट से सामने देखा, तो वरालिका अंदर जा चुकी थी।

"ओफ!" सुषमा जी का कलेजा धक से रह गया। तो यह है असली कहानी! एक पल को तो उनका माथा चकरा गया। गुस्से में दिमाग अनाप-शनाप सोचने लगा, "तो इसलिए मेरे आगे-पीछे इतने चक्कर लगा करते थे। यह कर दूँ, वह कर दूँ। ये आजकल की लड़कियाँ... जरा सी बच्ची तो है और यह सब......" आगे कुछ सोच ही नहीं पायीं सुषमा जी। किसी तरह फ्रिज तक गई और एक गिलास ठंडा पानी पिया। फिर आँखें बंद करके पलंग पर लेट गयीं। कुछ पल उन्होंने शांति

से सोचा, तो स्वयं अपने मनोभावों पर आश्चर्य हो आया। यौवन की दहलीज पर कदम रख चुका एक मेधावी, खूबसूरत नौजवान, उनका बेटा आशुतोष माहेश्वरी, जिसे इंजीनियरिंग कॉलेज में मात्र अपनी प्रतिभा के बल पर दाखिला मिला है। जिसके द्वारा जीते गए कप और मेडल उनके अतिथिकक्ष में एक पूरे शोकेस की शोभा बढ़ा रहे हैं और वरालिका...... बहते झरने सी चंचल, मासूम-जिसके कल-कल बहते जीवन में, शायद आयु के उभरते ज्वार ने पहला कंकड़ फेंका है। जिसकी बड़ी-बड़ी आँखों ने वही सपने देखने की घृष्टता कर डाली है, जो आजकल विकृत रूप में उपन्यासों और टीवी सीरियलों द्वारा परोसे जा रहे हैं। और जिसके कोमल हृदय में वहीं उमंगें हिलोरें ले रही हैं, जिसे परिपक्व सोच 'कच्ची उम्र का आकर्षण' कह कर खारिज कर देती है।

"लेकिन वरालिका, मैं तुम्हें कैसे समझाऊँ, जो उथल-पुथल तुम्हारे अंदर चल रही है, मेरा बेटा उससे एकदम बेखबर है," सुषमा जी ने मन ही मन सोचा, ''तुम्हारी चाहत भरी नजर उसके लिए उन कई प्रशंसाभरी दृष्टियों में से एक है, जो उसकी ओर रोज उठती हैं। तुम्हारे वजूद से बेखबर वह साईकिल की घंटी नीचे से ही इसलिए बजाता हुआ आता है कि मैं दरवाजा खुला रखूँ और तुम दौड़ी-दौड़ी बालकनी में पहुँचो, इससे पहले ही वह धड़धड़ाता हुआ घर में दाखिल हो चुका होता है। एक महीने बाद वह वापस पूना चला जाएगा और तुम......" इसके आगे सुषमा जी सोच ही नहीं पायीं। वरालिका का मासूम चेहरा पूरा दिन उनका पीछा करता रहा और अंततः उन्होंने निर्णय ले ही लिया।

उसी शाम श्रीमती शिरोडकर के कलात्मक ड्रॉइंगरूम में सुषमा जी वरालिका की बनायी हुई कुछ पेंटिंग्स निहार रही थीं।

"शौक तो बहुत सारे हैं इसके," श्रीमती शिरोडकर ने उनकी तंद्रा भंग करते हुए कहा, "पर किसी एक की तरफ ध्यान ही नहीं। अब आपसे क्या कहूँ, इतनी लापरवाह और चंचल है कि बस......।"

"कोई बात नहीं मिसेज शिरोडकर, इस उम्र में क्या हम-आप चंचल नहीं थे?" सुषमा जी ने उन्हें बीच में ही टोक दिया, "खैर वरालिका है कहाँ?"

"मैं यहाँ हूँ आंटी......" वही चंचल सी घंटियाँ सुषमा जी के कानों में बजीं, तो वे चौंक गयीं। पीछे देखा, तो वरालिका अपनी बड़ी-बड़ी आँखें उन्हीं पर टिकाए थी। उस क्षणिक ठहराव में सुषमा जी को अपना अस्तित्व डोलता सा प्रतीत हुआ। पर दूसरे ही क्षण उन्होंने खुद को संभाल अपनी आँखें वरालिका पर टिका दीं।

"तुमने मुझे बताया नहीं, तुम इतनी सुंदर पेंटिंग्स बनाती हो?"

"वो बस यूँ ही आंटी, ऐसा देखने या बताने लायक है भी क्या?" सिर को अकारण ही हिलाते हुए वरालिका ने उत्तर दिया।

"खास बात यह है वरू कि इस खूबसूरत ढाँचे में ईश्वर ने एक खूबसूरत कला संजो रखी है और तुम हो कि उसे सब पर जाहिर करना जरूरी ही नहीं समझती।"

"मैं कुछ समझी नहीं आंटी," वरालिका इस प्रशंसा रूपी आरोप से अचकचा उठी। "मैं समझाती हूँ," सुषमा जी ने उसे कंधों से पकड़ कर ठीक अपने सामने बैठा लिया।

"तुम जिस दौर से गुजर रही हो न बेटे, वह जिंदगी का बेहद सुंदर, बेहद संगीतमय दौर है। पर इस संगीत के सुर बहुत ही मेहनत और ध्यान से साधने पड़ते हैं, क्योंकि उन्हीं पर तुम्हारे आने वाले भविष्य की नींव टिकी हुई है। जानती हो, हर किशोर मन कवि होता है। उमंगों से जूझने का उच्छ्वास, यह कविता नहीं तो और क्या है? किंतु इस मन पर एक प्रहरी भी बिठा दो, ताकि यह आवेगमयी उच्छ्वास निराशा के निःश्वास में न बदल सके।"

"आज के बाद, मैं तुम्हें बालकनी में या सड़क पर इधर-उधर गपियाते न देखूँ। अपने खाली समय में तुम सिर्फ रंगों से खेलोगी, समझीं?"

वरालिका अब भी टुकुर-टुकुर उन्हें देख रही थी। सुषमा जी ने उसका गाल प्यार से थपथपाया और बोलीं, "अरे बुद्धू, और पेंटिंग्स बनाओ और क्या? फिर हम तुम्हारी सारी पेंटिंग्स के लिए गैलरी बुक करेंगे और प्रदर्शनी लगाएंगे। हो सकता है किसी आर्ट क्रिटिक से तुम्हें अच्छा सा रिव्यू भी मिल जाए।"

"ओह आंटी, आप कितनी अच्छी हैं," वरालिका झट उनसे लिपट गयी। ''आप देखिएगा, मैं क्या कमाल की पेंटिंग्स बनाती हूँ।"

सुषमा जी उसी काल्पनिक सफलता में डूबती-उतरती घर पहुँची, तो नवीन घर पर ही मिल गए।

"अरे सुषमा, जानती हो, हम जिस प्रोजेक्ट के सिलसिले में यहाँ आए हैं, उसके बाँध का मॉडल पास हो गया। कल से काम शुरू भी हो जाएगा," उन्होंने सुषमा जी को बिठाते हुए कहा।

"हूँ......" सुषमा जी मन ही मन मुस्करायीं। "एक बाँध तो मैं भी बाँध कर आयी हूँ। ईश्वर दोनों की ही लाज रखे," उन्होंने प्रकट रूप में कहा, तो नवीन चौंक उठे। फिर श्रीमती जी का उल्लास से जगमगाता चेहरा देखा, तो आश्वस्त हो गए। दोनों जीवन के उस पड़ाव में पहुँच गए थे, जहाँ दांपत्य की जीवनधारा सहज प्रेम और विश्वास के बाँध तले अनुशासित बह रही थी। उस धारा में किसी तरह के संदेह या प्रश्न की गुंजाइश ही कहाँ थी।

4

अभी देर नहीं हुई

"ट्रिंग! ट्रिंग! ..." फोन की घंटी ने अचानक घर्राते हुए देवयानी को चौंका दिया।

"हैलो!"

"हाँ जी देवी जी, कैसे मिजाज हैं आपके?" रवि की खुशनुमा आवाज़ जैसे रिसीवर से सीधे देवयानी के दिल में उतरती चली गयी।

"कहाँ हो तुम? तीन बार मोबाइल पर कॉल कर चुकी हूँ, पर हर बार 'नॉट आंसरिंग', यह भी कोई बात हुई भला?"

"ओहो! हम भी कहें, हमारी देबू ने जल्दी फोन क्यों नहीं उठाया," रवि कुछ ज्यादा ही अच्छे मूड में लग रहा था।

"मतलब की बात करो, तुम्हारा वक्त तो कीमती है, मेरा न सही, देवयानी को अभी भी गुस्सा था।

"मतलब तो यही है जान कि तुम्हारे पतिदेव आज कुछ जल्दी तशरीफ लाने की सोच रहे हैं।"

"हाय नहीं! कहीं बारिश के आसार तो नहीं बन गए, अभी तो मैंने ढेर सारे कपड़े धोए हैं।" देवयानी का गुस्सा व्यंग्य में बदल चुका था।

"अजी नहीं, हम अपनी देबू की मेहनत बरबाद नहीं होने देगें। जल्दी आएंगे, पर सात बजे से पहले कतई नहीं, और हाँ, कुछेक दोस्त भी साथ होंगे। बस तुम अच्छा सा चिकन बना लेना और अपनी स्पेशल आइसक्रीम भी। बाकी तो, माई देबू नोज़ हाउ टू मैनेज," रवि ने खुशामद की। "हूँ ..." देवयानी का सुर धीमा पड़ गया, "ठीक है, हाँ बाबा, मैं सब कर लूँगी। ओके सी यू।"

फोन का रिसीवर क्रेडल पर रख, देवयानी फुरती से काम में जुट गयी। मन ही मन रवि से नाराज़गी भी थी, पर मुस्तैदी से चलते हुए हाथ एक घंटे में सारा घर सँवार चुके थे। चिकन कड़ाही में धीमी आँच पर छोड़ उसने आइसक्रीम के लिए आम ब्लेंड किए। सलाद काट कर सिरके में डुबोया और दही फेंट कर रख दिया।

'एक अच्छे खाने का ही तो शौक है रवि को, फिर ऐसी कौन सी देर लगती है इन कामों में,' मन ही मन आपसे बतियाती जा रही थी देवयानी।

'काम से थके हुए आते हैं, यार-दोस्त अच्छा खा-पी लें, गपशप कर लें, जी बहल जाता है,' सोचते-सोचते उसने टेबल पर नए धुले नैपकिन्स का सेट बिछाया और आँगन से दो गुलाब तोड़ कर मेज के बीचोंबीच सजा दिए। फिर एक नजर रसोई पर डाल कर खुद तैयार होने लगी।

'क्या पहनूँ...' सोचते-सोचते देवयानी के हाथ धानी रंग की शिफॉन पर जा रुके। पसीने से नहाया चेहरा अचानक अतीत के रंगों से गुलाबी रंग का हो चला। रवि की दिलायी पहली साड़ी, जिसका प्राइस टैग देख कर उसने पहले कोई और सस्ती साड़ी उठा ली थी। फिर रवि के इसरार पर उसे यही शिफॉन साड़ी लेनी पड़ी थी, "धानी रंग तुम पर यों लगता हैं जैसे सोने पर हल्का सा चंदन घिस दिया गया हो......"

रवि के कहे ये शब्द उसके रोम-रोम में घंटियाँ सी बजा गए थे। अपने आपसे जैसे बचाते हुए, उसने वह नाजुक सी साड़ी हैंगर से उतारी। तैयार हो कर शीशे में देखा, तो कुछ कमी सी लगी।

'ओहो... काजल तो भूल ही गयी।'

सधी हुई उंगलियों से अपनी बड़ी-बड़ी आँखों के पपोटों पर काजल फेरा ही था कि दरवाजे की घंटी बज उठी।

"देबू...... देवयानी कहाँ हो भाई," आदत से मजबूर दो-तीन घंटियाँ बजाए बिना रवि को चैन ही नहीं पड़ता था। मन ही मन झुंझलाती देवयानी साड़ी की चुन्नटें बिठाती-बिठाती ही दरवाजे तक पहुँच गयी।

"नमस्कार भाभी जी...... कैमोन आशे! (कैसी हैं आप?)...... भालो! भालो! (बहुत अच्छे, बहुत अच्छे!), ..." खुद ही हालचाल पूछकर खुद ही जवाब देना भास्कर गांगुली की पुरानी आदत थी। पीछे-पीछे थे रवि के दो अन्य सहयोगी, वर्मा और रस्तोगी। सबको खाना परोस, देवयानी ने उनकी बाकी आवभगत का जिम्मा रज्जू पर छोड़ दिया और अपने शयनकक्ष में आ गयी। कपड़े बदलते हुए उसके कानों में बातचीत के अंश पड़ते रहे। खाने की तारीफ, ऑफिस की बातें, बॉस की खिंचाई और सबके ऊपर गूंजते रवि के ठहाके। 'सच' देवयानी ने मन ही मन सोचा,'कितना खुल कर जीता है रवि हर पल को। जम कर खाना-पीना, हँसना-हँसाना, जम कर काम करना और एक बच्चे की तरह थक कर उसकी गोद में सो जाना।'

'सो जाना......' देवयानी मन ही मन मुस्करायी। आजकल यही तो झुंझलाहट होती है उसे रवि से। बिस्तर पर लेटे नहीं कि खर्राटे शुरू। और वह है कि अपनी आदत बदल नहीं पाती। कपड़े बदलना, हाथ-मुँह धो कर बाल सुलझाना, हल्की सी खुशबू लगाना उसका शौक नहीं, रुटीन है, जिसके बिना उसे नींद नहीं आती, पर आजकल यही दिनचर्या रवि और उसके बीच का वह समय चुराने लगी थी, जिसके बूते पर स्त्री जीवन का कठिन से कठिन संघर्ष हंसते-हंसते झेल जाती है।

फिर देवयानी ने सही मायनों में संघर्ष देखा ही कहाँ था? जिसे चाहा, माता-पिता ने सहर्ष उससे विवाह की अनुमति दे दी। एक खुशमिजाज एवं बेहद प्यार करनेवाला हमसफर! सुंदर, सुसज्जित गृहस्थी, जिसके कोने-कोने में देवयानी के सुघड़ हाथों की छाप स्पष्ट झलकती थी और दोनों तरफ के परिवारों का स्नेह व सहयोग। इससे ज्यादा एक स्त्री क्या चाह सकती है जीवन में? हाँ, गोद अवश्य सूनी रखी थी ईश्वर ने पर देवयानी और रवि ने अपने प्यार के बल पर इससे भी समझौता कर लिया था। जब भी दिल उदास होता, देवयानी अपनी सारी ममता, सारा बैराग रवि पर उड़ेल देती और रवि इस अनुराग की बौछार में भीग कर संतान के अभाव को पीछे धकेल देता।

फिर एक बात और भी थी। देवयानी से विवाह के बाद निरंतर उन्नति ही देखी थी रवि ने। एक नामी मल्टीनेशनल में महज सेल्स प्रमोशन यूनिट से शुरुआत कर, रवि आज वहीं जनरल मैनेजर था। रोजमर्रा की व्यस्तता के साथ टूर, मीटिंग्स, अनेकानेक मसले ... जिसके बीच देवयानी की मानसिक उथल-पुथल से अंजान रवि रात-दिन एक कॉरपोरेट सक्सेस बनने में मशगूल था।

फिर देवयानी ने भी कभी शिकायत का मौका कहाँ दिया था? एक कुशल प्रबंधक की तरह घर-गृहस्थी ही नहीं, रवि के अनेक ऑफिस से संबंधित कार्यों का लेखाजोखा भी वही रखती। कौन सी तारीख को किससे मिलना है, कहाँ किस डिनर या पार्टी में रवि की उपस्थिति आवश्यक है, किस कॉनफ्रेंस में उसे अपनी पहचान दर्ज करानी है, यह सारी जिम्मेदारी देवयानी ने अपने कंधों पर ले ली थी। और इन सबमें काम आती उसकी वे विशेषताएं, जो किसी बायोडाटा में दर्ज तो नहीं करायी जा सकतीं, पर जिनके बल पर साधारण और असाधारण का अंतर साफ महसूस किया जा सकता है। जिस दक्षता से देवयानी रसोई में कलछी चलाती, उतनी ही फुरती से कंप्यूटर पर रवि की जरूरी चिट्ठियाँ टाइप करती। करीबन एक जैसे दिखनेवाले पुरुषोपयोगी रंगों में से कौन सा रंग रवि को एक अलग पहचान देगा, इसका अंदाजा उसे

शोरूम में घुसने पर एक नज़र में ही हो जाता। और महज कपड़े ही नहीं टाई, बेल्ट, जूते...... यहाँ तक कि रवि का मोबाइल फोन भी अनेक सेल्यूलर मॉडल्स में से छाँट कर उसी ने चुना था।

कभी-कभी तो उसे खुद अपने आप पर अचरज होता। क्या वह वही देवयानी है, जिसके पास चार-पाँच साड़ी या सूट के अलावा कोई खास वार्डरोब नहीं था? अपने लंबे बालों को करीबन एक ही अंदाज से जूड़े में बाँध जो कॉलेज के लिए चल देती थी। और आज जिस चमक-दमक से वह रवि के साथ उसके उच्चवर्गीय सर्कल में नजर आती है, उस तड़क-भड़क से एकदम अनजान, अपनी दुनिया में मस्त एक बेहद मसरूफ सी लड़की थी।

'वक्त, देबू, वक्त...,' देवयानी ने खुद को याद दिलाया......'वक्त सबसे सब कुछ करवा लेने की ताकत रखता है, जैसे कि अब वक्त कह रहा है कि मैं सो जाऊँ......' सोचते-सोचते देवयानी ने तकिया बगल में दबाया और नाइट लैंप बुझा दिया।

"देबू, आज शाम छः बजे तक तैयार रहना। भास्कर ने कमानी ऑडीटोरियम के दो पासेज़ दिए हैं," रवि ने ऑफिस के लिए तैयार होते हुए कहा।

"सो भला किसलिए?"

"अरे भई, तुम्हारी पसंदीदा गज़ल गायिका ज़ोहरा खान का प्रोग्राम है, और क्या?"

''याद रहा तुम्हें?'' देवयानी अभी भी यकीन नहीं कर पा रही थी कि रवि ने अपनी व्यस्तता के बीच उसकी पंसद के लिए समय निकाला।

"याद कहाँ था मुझे?" रवि ने शरारत से आँख दबायी, "अब भास्कर पीछे ही पड़ गया, तो लेने ही पड़े। उसे लगा होगा कि श्रीमती देवयानी मिश्रा नहीं आएंगी, तो उस आ ...आ ...ओ ...ओ ... पर तालियाँ कौन पीटेगा।"

"मारूँगी..." देवयानी ने बनावटी गुस्से से उसे धकेला और दरवाजा भिड़ा दिया। 'सच, गजलें कितनी पंसद हैं उसे और शादी से पहले तो वह बाकायदा अपनी गजल डायरी रखा करती थी। गुलाम अली, बेगम अख्तर, जगजीत सिंह जैसे दिग्गजों से ले कर पंकज उधास और पीनाज़ मसानी जैसे नए गायकों की बेहतरीन गजलों का संग्रह था उसके पास। अब न जाने वह माँ ने कहाँ संभाल कर रखा होगा। अबकी बार लखनऊ जाना हुआ, तो जरूर ढूंढ़ कर देखूँगी,' सोचते हुए उसने जल्दी-जल्दी घर के काम निबटाने शुरू किए।

ठीक सात बजे रवि और देवयानी कमानी के ओपन हॉल में आगे की पंक्तियों में बैठे थे। जोहरा खान का प्रोग्राम खत्म हो चुका था। एक छोटे से संगीतमय मध्यांतर के बाद एक नयी गायिका मल्लिका राजन को दर्शकों से परिचित कराया गया। तानपुरे पर तान छिड़ी, तो देवयानी मानो एक दूसरे ही लोक में पहुँच गयी। राग पीलू की सम्मोहित करने वाली सुर लहरियाँ उसके मन-प्राणों को छः साल पहले की उस संगीत कक्षा में ले गयीं, जहाँ बीए की छुट्टियों के बाद माँ के बेहद कहने पर उसने दाखिला लिया था। उन भीने से दिनों की याद देवयानी को हिला कर रख गयी। आँधी हो या तूफान, माँ रोकती रह जाती पर देवयानी अपनी कक्षा मिस नहीं करती। व्यवधान तो दूसरी ओर से ही पड़ा, जब गुरुजी की पत्नी का देहांत हो गया और वे लखनऊ से इलाहाबाद वापस चले गए। फिर देवयानी ने भी दिल्ली में एमए में दाखिला ले लिया और संगीत कहीं पीछे छूट गया। और रवि से शादी के बाद तो जैसे जीवन की धुरी ही बदल गयी थी। रवि के बेहद व्यस्त जीवन की लगभग आधी व्यस्तता तो देवयानी पर भी हावी हो ही गयी थी। पर अब इन क्षणों की मधुरता जैसे उसे कुछ अलग ही संकेत दे रही थी।

"सुनो," घर पहुँचने पर अपने शयनकक्ष के एकांत में देवयानी बेहद अधीर हो कर रवि से कुछ कहना चाह रही थी।

"क्या बात है देबू, नींद नहीं आ रही क्या?"

"नहीं, ऐसी कोई...सच पूछो तो ..." देवयानी को जैसे शब्द ही नहीं मिल रहे थे, "रवि, मैं अगर दोबारा संगीत सीखना शुरू करूँ, तो ..."

"ओफ्फो ...यार!" रवि का खुमार फुर्र से उड़ गया, "इसीलिए मैं ये सब प्रोग्राम पसंद नहीं करता। तुम्हें न जाने क्या सनक सवार हो जाती है ये सब सुन कर ...।"

"रवि यह सनक नहीं कला है। मैंने जिया है इस कला को। मैं सच कहती हूँ रवि, आज पहली बार मुझे लगा कि मैं उस मल्लिका राजन से कहीं बेहतर गा सकती हूँ, मैंने दिल लगाकर ..." देवयानी हैरानी और गुस्से के मारे आगे बोल ही न पाई।

"अब बस भी करो देबू ..." रवि ने उसकी बात बीच में ही काटते हुए कहा,"रात के ग्यारह बजे तुमने क्या मल्लिका-मल्लिका लगा रखी है? जानेमन तुम हमारी पर्सनल सेक्रेटरी ही ठीक हो। श्रीमती देवयानी रवि मिश्रा-होममेकर एंड पीए टू मिस्टर रवि मिश्रा। वंडरफुल, इज़ंट इट? अब सो जाओ, बहुत देर हो चुकी है......" कहते न कहते रवि ने बत्ती बुझा दी।

पर देवयानी की आँखों की नींद कोसों दूर थी। हो सकता है, उसे किसी जानी-पहचानी गायिका से अपनी तुलना नहीं करनी चाहिए थी, पर वह जानती है सुरों की नापतौल। वह जानती है कि आरोह की उठान में गायक को क्या साधना पड़ता है और अवरोह में क्या सावधानी बरतनी पड़ती है। क्या हुआ जो छः साल से वह केवल श्रीमती देवयानी मिश्रा का किरदार अदा कर रही है? क्या देवयानी का संगीत प्रेम महज़ एक सनक है और एक कुशल गृह प्रबंधक होना एक ओहदा? वह जितनी बार स्वयं से प्रश्न करती, उतनी ही बार उत्तर अनुत्तरित रूप से उसे और उलझा जाते। रवि एक बेहद अच्छा पति है, पर क्या वह उस देवयानी को समझ पाया है, जिसके भीतर की कला उसके व्यापार जगत

के हिसाब-किताब तले कहीं दब कर रह गयी है? यदि नहीं समझ पाया, तो दोष किसका है?

'दोष तो तुम्हारा ही है देबू,' देवयानी ने जैसे अपने को पहली बार अपने खिलाफ कटघरे में खड़ा किया। 'क्यों दब जाने दिया तुमने असली देवयानी को श्रीमती देवयानी मिश्रा के सुनहले ताज तले? क्यों नहीं बताया रवि को कि एक पर्सनल सेक्रेटरी से कहीं आगे तक की पहुँच है तुम्हारी प्रतिभा की।'

'उस देवयानी का भी एक अपना अलग अस्तित्व है, जो हर बार श्रीमती मिश्रा के लुभावने आवरण तले साँस लेने को फड़कता है और हर बार किसी न किसी खूबसूरत मजबूरी तले दब जाता है। रवि क्यों समझने लगा, उसके अंतस की छटपटाहट को, जबकि उसकी सारी आकांक्षाओं को साकार करने में लगी, उसकी पर्सनल सेक्रेटरी स्वयं अपने अंतर्मन की पीड़ा से अनजान है, देवयानी के सारे सवाल-जवाब मानो इस मोड़ पर आ कर चुक गए।

अगली सुबह रवि को ऑफिस भेज, देवयानी मन ही मन एक गूढ़ संधान में जुटी थी। सारा दिन बीता, रवि ऑफिस से घर आया, तो पाया कि वह घर में नहीं है। रज्जू को भी कुछ पता नहीं था। बौखलाया सा रवि कुछ पूछने ही वाला था कि फोन बजा। देवयानी लाइन पर थी।

"अरे भई, कहाँ हो तुम?" रवि अधीर हो कर बोला, "बाजार में क्या इतनी देर लगती है? बहुत हुआ, अब जल्दी वापस आ जाओ।"

"नहीं रवि, जल्दी तो नहीं," देवयानी का स्वर धीमा, पर दृढ़ था, "मैं आठ बजे पहुँच जाऊंगी। दिव्या ने आज मुझे पंडित यश केलकर से मिलवाया। वे कहते हैं कि मुझे संगीत दोबारा सीखना शुरू करना चाहिए। हाँ, कुछ वर्षों का अंतराल जरूर है, पर ज्यादा देर नहीं हुई," वह उल्लास से पगी रवि को बता रही थी।

"कोई बात नहीं यार," रवि सब कुछ समझते हुए मुस्कराया।

"देर हो भी गयी, तो क्या बड़ी बात है? आफ्टर ऑल, माई देबू नोज हाउ टू मैनेज।"

"तुम नाराज तो नहीं हो?"

"सो क्यों भला?"

"तुमसे पूछे बिना मैं ..."

"नहीं देबू, कुछ मत कहो ..." रवि ने अधिकार सुलभ चेष्टा से देवयानी की बात काट दी, "तुमने कोई निर्णय लिया ही है, तो उसका मान रखना मेरा कर्त्तव्य है ... मेरी ..." "पर्सनल सेक्रेटरी जो हूँ, आखिर ..." देवयानी ने पट से कहा तो दोनों हंस पड़े। किंतु देवयानी की हँसी की खनक आज रवि के ठहाकों को मात दे रही थी।

5

उसकी बात

जाते-जाते सहन में लगे आईने में एक बार खुद को निहार ही लिया शिबी ने- बड़ी लाल बिंदी, मांग में सिंदूर की रेखा, आँखों में पतली काजल की परत और कानों में सोने में जड़े मोती। आईना बस इतना ही देख पाया, उसकी सधी-बँधी साड़ी की भाँज और कंधे पर लटका हैंडलूम का बैग दिखने की गुजाइश नहीं थी। जल्दी-जल्दी सैंडिल के फीते बाँध बस स्टैंड की ओर भागी शिबी। 'भगवान करे बस थोड़ी लेट हो जाए।' यों तो अल्मोड़ा रोडवेज़ का ड्राइवर कभी घड़ी से लगी-बँधी बस लाता नहीं था, पर मौज आए तो वक्त से आधा-पौना घंटा पहले भी उड़ा ले जाता था। फिर सुधीर के भरोसे बारह बजे तक पहुँचना और बाकी सहयोगियों की विद्रूप मुस्कानें झेलना शिबी के बूते से बाहर था।

'प्यूलाडी त्वयिदितिके औंदोयमन माँ ...

तेरो मेरो साथ छयो पहिलो जनम माँ ...'

"ओ हो डराइवर ज्यू, आज बिलैती पेट्रोल डलाए हो क्या...... बस झटके बहौत मार रयी है भई......" अल्मोड़ा कॉलेज के लड़के अपनी हुल्लड़बाजी मचाए हुए थे।

पर सारी बातों से बेखबर बस भागी चली जा रही थी और साथ ही उड़ा जा रहा था शिबी का मन, 'आज वह जोशी जी से कोई फाइनल

जवाब ले कर ही रहेगी। इतने दिन हो गए एप्लीकेशन दिए हुए। फिर गर्ल्स होस्टल के कितने ही फ्लैट खाली पड़े हैं। उसे नौकरी करते आठ साल हो जाएंगे इन सर्दियों में...।' सर्दियों की याद आते ही उसे अक्तूबर की सुहानी हवा में भी झुरझुरी उठ आयी।

नौ बजे की बस पकड़ने के लिए सुबह पाँच बजे ही उठ कर लगना पड़ता था। चूल्हा सुलगा कर पहले चाय, फिर नाश्ता बनाओ। फिर अलग से कंडों की आग खौला कर नहाने का पानी तैयार करो (वह भी तब, जब घर के आदमी लोग नहा कर फ़ारिग हो चुके हों)। घर के पिछवाड़े बना बाथरूम बर्फ की सी कंपकंपी जमा देता। स्टैंड तक सुधीर कभी छोड़ भी आता, तो हाड़ गलाती हवा शिबी के हाथ-पैर जमा देती। और बर्फ के दिनों में जब दईमारी प्रिंसिपल रेकॉर्ड ठीक करने के लिए उसे बुलावा भेजती, तो खीज उठती वह। उस पर सुधीर के लापरवाह ताने, "जाओ भई, सुघड़ मैडम की सुघड़ टीचर, वहाँ भी कहा होगा, आगे-आगे हो के, लाइए, मैं कर देती हूँ, अब भुगतो!''

शिबी के जी में आता, उसे करारा सा जवाब दे, कहे कि इसी सुघड़ापे के बल पर उसकी अम्मा मंदिर की आचार्या बनी बैठी हैं और इसी जानलेवा नौकरी के बल पर घर के बैंक लोन की किस्तें अदा हो रही हैं। पर लाख चाहे शिबी, कभी नहीं कह पायी कि पल-पल जिस जीवन को सेंत-सेंत कर वह जी रही है, सुधीर की हठधर्मिता उसी का सर्वनाश करने पर तुली है।

उसे याद है, ब्याह के शुरू-शुरू के दिनों में इसी सुधीर को पल-पल चिंता होती थी, वह अकेले बस से कैसे आएगी-जाएगी... रात-दिन वह उसके लिए कोई जुगाड़ फिट करने की कोशिश में रहता। नौकरी तो चाह कर भी छुड़वायी नहीं जा सकती थी, क्योंकि उस तीन प्राणियों की गृहस्थी को अकेले सुधीर की कमाई पार नहीं लगा सकती थी। ऐसा कोई 'राजपाट' नहीं था, जिससे कि बहू को घर पर ही रह कर राज करने को बाध्य किया जा सकता।

"बस कुछ बरस और शिबी...... इस लोन के चुकते ही मैं तुम्हें आज़ाद कर दूँगा और फिर तब तक मेरा प्रमोशन भी हो जाएगा।"

शिबी के लिए यही बहुत था कि सुधीर को उसकी फ़िक्र है। "पर मैं तो खुद नौकरी करना चाहती हूँ," वह कहती, "आजकल सरकारी नौकरियाँ हैं ही कहाँ? और टीचर की नौकरी तो सबसे बढ़िया है। टाइम से बस मिले, तो ढाई बजे घर। रोज दरवाजे पर गृहिणियों की तरह बाट देखती मिलूँगी साहब को......" कहते हुए उसे लगा था कि जीवन इतना दुष्कर या दुरूह है नहीं जितना हम सोच लेते हैं। मन ही मन पिता को धन्यवाद दिया था उसने, जिन्होंने कस्बे का घर-वर देख कर अपनी नैनीताल की कॉन्वेंट पढ़ी कन्या ब्याह दी थी। शिबी की कर्मठता पर भरोसा था उन्हें और सुधीर बेहद सौम्य और सरल लगा था, उनकी सभ्य सुसंस्कृत बेटी के योग्य।

ससुराल पहुँचकर शिबी ने कुछ ही दिन में जान लिया कि पति सौम्य ही नहीं, थोड़ी भीरू प्रवृत्ति का भी है। खासकर सास-बहू की परंपरागत खींचातानी को संभालना तो एकदम ही उसके बस में नहीं था। अम्मा जी परंपरागत सास थीं भी नहीं, जानती थीं कि पास-पड़ोस में पहली नौकरीपेशा बहू वे ही लायी हैं और इस बात में शिबी की नहीं, उनकी ही विशिष्टता झलकती है।

फिर सुधीर देखने-सुनने में बहू से बीस हो, तो क्या। बहू जब हर महीने अपनी कमाई गृहदेवता के हाथ में रखेगी तो लक्ष्मी बहू ही कहलाएगी।

"हम तो इतना जानते हैं कमला," उन्होंने कुछ ऊँची ही आवाज में पड़ोसिन से कहा था, "आजकल रूप-रंग को पैसे के आगे कोई नहीं पूछता। भई, खाओ-कमाओ, खुश रहो, हम तो आज मरे, कल दूसरा दिन।"

शिबी समझ नहीं पायी कि उसकी प्रशंसा हुई या आलोचना, पर बहुत अधिक सोचने का समय ही कहाँ मिला उसे। धीरे-धीरे गृहस्थी में

रमते-रमते वह जान गयी कि नौकरी का दबदबा अम्मा जी के रिश्तेदारों और पड़ोसियों के लिए है, उसके लिए नहीं। सुबह का जितना हो सके और शाम का सारा-जो भी रसोई का कामकाज हो उसे ही करना है। समय मिले, तो आना-जाना, साफ-सफाई, व्रत त्योहार भी निबटाने हैं। और सारी बात एक ही हरिइच्छा के तहत करनी है-

"अम्मा हैं, तभी तो शिबी की नौकरी इतनी अच्छी तरह निभ रही है," सुधीर अकसर कहता और शिबी मुँह ताकती रह जाती।

नौकरी करने की एक बेहद निजी और ज़रूरी वजह थी शिबी का अपना मन, उसके अपने सपने, जो अल्मोड़ा कैंपस के खुले, घेरदार, घुमावदार वातावरण में पल कर जवान हुए थे। पढ़ाई के दौरान ही उसे अपनी अध्यापिकाओं के तसवीर से सजे गृहों में जाने का मौका मिलता रहता और धीरे-धीरे उसने ऐसे ही किसी घर को कब सपनों की मुट्ठी में बाँध लिया, वह स्वयं ही न जान पायी। यहाँ तक कि हल्द्वानी आ कर भी उसके अरमानों पर राख न पड़ पायी थी और गाहेबगाहे उसे वही मौसम याद आने लगते।

ऐसे में जब अचानक ही कॉलेज सुपरिंटेंडेंट जोशी जी ने उसके सामने गर्ल्स होस्टल की परिचालिका बनने का प्रस्ताव रखा, तो वह खुशी के मारे जवाब ही न दे पायी।

"सोच लीजिए मिसेज़ भट्ट, वार्डन को तो पूरा बंगला और अर्दली भी मिलता है। फिर लड़कियों का मामला है, ज्यादा हो-हुल्लड़ भी क्या करेंगी। फिर आप अकेली थोड़े ही हैं, प्रिंसिपल वैसे ही बेहद कड़क हैं।"

"जी, मैं कल बताती हूँ आपको ......" कहते-कहते उसकी आँखों में आँसू ही आ गए थे।

घर जा कर लगा, कब सात बजें और सुधीर को वह अपने सौभाग्य की सूचना दे। मन था कि तन को टिकने ही नहीं दे रहा था।

आनन-फानन में रात के खाने पर ब्रह्मभोज ही पका डाला उसने-मैदे की पूरी, पंचमेल आलू, कद्दू की सब्जी और गोले की खीर।

अम्मा जी भी देख कर तृप्त हो गयीं, "अरे बहू, कोई आ रहा है क्या खाने पर?"

"जी अम्मा जी, ऐसे ही समझ लीजिए," वह कोई जवाब दे कर अपनी खुशी का तिलिस्म तोड़ना नहीं चाहती थी।

सुधीर आया, तो उसने सामने दो थालियाँ सज गयीं, एक खाने की, तो दूसरी शिबी की आशाओं की-

"तुम्हें पता है........."

"हाँ भई, कुछ नया ही हुआ होगा कॉलेज में ..."

"नए से भी नया! जोशी जी कह रहे थे मुझे वार्डन बनाना चाहते हैं, कैंपस में फ्लैट भी मिलेगा और ..."

"तनख्वाह से कटेगा भी ..." सुधीर ने कौर मुँह में धरते-धरते कहा।

"तो ...?" शिबी का उत्साह थमने वाला नहीं था, "तो क्या? तुम तो प्राइवेट सेक्टर में हो। और कबसे तुम भी तो कह रहे थे, अल्मोड़ा में किराए बहुत हैं, तुमने ही तो उप्रेती प्रापर्टीज में ..."

"हाँ भई, मैं कब मना कर रहा हूँ?" सुधीर ने खाते-खाते यों कहा मानों किसी नयी साड़ी के लिए जिद कर रही हो शिबी ...

"पर ये वॉर्डन-फॉर्डन का झमेला मुझे पंसद नहीं। रात-दिन लड़कियों के झगड़े-किस्से निबटाते रहो..." न चाहते हुए भी सुधीर का स्वर व्यंग्यात्मक हो उठा।

"तुम रहोगी कहाँ, फिर घरबार की दिक्कत अलग से......"

"बस सुधीर, मुझे इस बात का साफ जवाब चाहिए, हाँ या ना...?" शिबी में और बहस करने की ताकत नहीं रही थी।

"मैं तुम्हें न नहीं कर सकता शिबू, पर मैं खुद को मना भी नहीं पा रहा हूँ।"

"क्यों? मेरा फ्लैट है इसलिए?" शिबी को लगा इस प्रश्न पर धरती फट पड़ेगी।

पर कलियुग की सीता के लिए न धरती फटी, न ही आसमान। राम ने निरे ही शांत स्वर में उत्तर दिया, "मैं अपने-तुम्हारे का भेद नहीं करता तुम जानती हो, पर इस तरह से सब कुछ उखाड़ कर अल्मोड़ा नहीं जा सकता।"

शिबी ने इसके बाद कुछ नहीं कहा। बिना खाए चौका भी समेट दिया और बरतन भी। बिस्तर पर लेट कर भी न तो थकान महसूस हुई, न ही नींद। अजीब से अहसास में घिरी रात दोनों को समेट कर कब सो गयी, वह जान ही न पायी।

दिन बीतते गए ...फिर महीने, फिर साल दर साल ... पर कभी भी उस दिन के बाद शिबी ने अल्मोड़ा जाने की बात नहीं छेड़ी। यंत्रवत वह सुबह कॉलेज जाती, फिर वापस घर। वहीं आँगन, वही कामकाज, कहीं कुछ नया नहीं। हाँ, एक नयी तुरुप चाल और खेली थी किस्मत ने ... चार सालों के बाद भी उसकी गोद हरी न हो पायी थी। अम्मा जी की बातें पहले कठोर हुईं, फिर विकृत और धीरे-धीरे उसका विद्रूप चेहरा सुधीर के रवैये में भी झलकने लगा।

"कहीं छुपा कर कोई परहेज तो नहीं कर रही तुम? ..." उसने तीर छोड़ ही दिया था।

"क्यों? क्यों करूँगी मैं ऐसा ...?" कलछी चलाते हुए शिबी के हाथ यकायक सुन्न हो उठे। "क्या सोचते हो तुम मेरे बारे में," वह पूछना तो बहुत कुछ चाहती थी, पर पूछ न पायी। जानती थी कि दोहरी मानसिकता से युक्त इस व्यक्ति के पास उसके किसी सवाल का जवाब नहीं होगा। उस पर भलमनसाहत का चोला, उफ! किस्मत को कोई और नहीं मिला मजाक उड़ाने के लिए।

“नहीं, वो... अम्मा कह रही थीं एक बार लखनऊ चल कर दिखा लेते हैं। यहाँ तो वैसे ही डॉक्टर ध्यान नहीं देते......”

“नहीं......” लगभग चिल्ला पड़ी शिबी, “नहीं जाना है बड़े अस्पताल। जो तिया-पांचा होगा, यही हल्द्वानी में होगा। और बीमार नहीं हूँ मैं। न ही इतनी जल्दी मरूँगी। अम्मा से कह दो उन्हें कुलदीपक दे कर ही धरती का बिस्तर पकड़ूँगी।”

सुधीर को काटो तो खून नहीं। यह वही शिबी है क्या, जो उसकी और अम्मा की हर बात पुतली की तरह सिर हिला कर मानती आयी है। क्या हो गया इसे? जो वास्तव में हो गया था शिवानी भट्ट को, वह समझने लायक ताकत सुधीर भट्ट में नहीं थी।

उससे बस इतना ही बन पड़ा कि वह अपनी माँ को भी चुप करा दे और शिबी से कभी संतानहीनता का संवाद न छेड़े। वह चाह कर भी शिबी की दुखती रग न पकड़ पाया। उसके अपने दिल के चोर ने उसे कहीं न कहीं कचोट डाला कि अवसाद में घिरी यह नारी उसके दिए किसी दुख की कर्ज़दार है। अपनों के बोझ तले दबी शिबी का उत्साही मन कब कॉलेज की घेरदार गलियों में गुम हुआ, वह स्वयं भी न जान पायी।

दिन बदलता है, सुबह से शाम होती है, किंतु आश्चर्य, मनुष्य का भाग्य बदलते उम्र निकल जाती है। शिबी को अपनी जिद छोड़ने में तो देर न लगी, किंतु अपने मन को मनाने में सालों बीत गए। पर उससे क्या होता है? ब्रह्मांड तो शिबी व सुधीर के इशारों पर चलनेवाला नहीं। वह तो जीवन के रंगमंच पर नित्य नए दृश्य रचने का आदी है।

सो परदा हटता है एक नए दृश्य से। पात्र वही हैं, किंतु काल की स्थिति भिन्न। नज़र में आता है, अल्मोड़ा के ही एक कम आबादी वाले क्षेत्र का एक सुंदर दोमंजिला मकान, जिसके गेट में एक मार्बल की तख्ती जुड़ी है। सुधीर की माँ आनंदी देवी के नाम पर गृह का नामकरण हुआ है- आनंद विला।

घर में सुख का प्रत्येक साजोसमान उपस्थित है। असम का नाजुक केन का फर्नीचर, पीतल के हंडों में टिके इंडोर प्लांट। स्वच्छ, नरम परिवेश। अलसाई मुद्रा में सामने दीवान पर अधलेटी शिबी एक पत्रिका पढ़ती ढुलक गयी लगती है। उसे माँ बने कुछ ही अरसा हुआ है, इसलिए ज्यादा 'स्ट्रेन' बर्दाश्त नहीं होता। बच्चा एक साफ-सुथरी, धुली साड़ी पहने आया खिला रही है। एक पहाड़ी छोकरा दोपहर के खाने की सब्जी काट रहा है।

अचानक यह रंगपटल इतना कैसे बदल गया। क्यों न हो, जब चंचला लक्ष्मी भूल से गृहस्वामी के कदमों में स्थिर हो जाए, तो ऐसी ही मनमानी करती है। सुधीर ने कभी भूल से ही सही, शेअर बिजनेस में हाथ डाला था। वक्त पलटा, तो वारे-न्यारे हुए। फिर एक व्यवसाय से दूसरा, दूसरे से तीसरा करते देर नहीं लगी। अल्मोड़ा में रियल एस्टेट का अच्छा-खासा काम है। ईश्वर की कृपा से अब शिबी को भी नौकरी में खटने की जरूरत नहीं।

पर सुधीर ने तो कभी उस पर अपनी इच्छा नहीं लादी। फिर आज की अन्यमनस्क रोगिनी सी शिबी उसे क्यों कल की चुस्त-दुरुस्त, चकरघिन्नी की तरह नाचती गृहिणी की याद दिलाती है? पता नहीं, पर कभी-कभी लगता है उसकी मर्जी से उसे नौकरी छोड़ने देना ठीक नहीं हुआ। कम से कम इतनी बात तो उसे सुधीर की माननी ही चाहिए थी।

6

ये मेरा प्रेमपत्र पढ़कर....

अटारी पर चढ़ी प्रेमा अखबारों और किताबों का भंडार देख हैरान थी। धूल की पर्तों तले दबे कागज, मुड़ी-तुड़ी चिट्ठियाँ, पुरानी रसीदें... चुनते-छाँटते प्रेमा पसीने-पसीने हो उठी।

''ऐसा भी क्या पुरातन प्रेम,'' सफाई का जुनून अब झुंझलाहट में बदल चुका था।

''इनमें से शायद ही कोई कागज रवि के काम का हो,'' छाँटते-छाँटते उसके हाथों में एक नाजुक-सा गुलाबी लिफाफा सरक आया। खोला तो सूखे गुलाब की गहरी लाल पंखुड़ियाँ प्रेमा के हाथों में चरचरा उठीं।

'ओ माँ, ये पतिदेव को गुलाब भी भेजता था कोई....' एक शरारती सी मुस्कान उसके होठों पर खेल गई।

चिट्ठी हाथ में हो तो पढ़ने का लोभ शायद ही कोई संवरण कर पाता है। वह भी ऐसी लुभावनी चिट्ठी-''नहीं, नहीं, प्रेमपत्र.....'' प्रेमा को इतनी सख्त गर्मी में भी गुलाब की बौछार पड़ती मालूम हुई। खोल कर देखा, तो उम्मीद से कहीं अधिक पाया। बेहद सुंदर लिखावट में पिरोई मोती की लड़ियाँ, किसी 'खास' पर अपनी खूबसूरती लुटा रही थीं।

"मेरे प्रिय प्राणेश....

आपसे पहली बार अपने दिल की कहानी कह रही हूँ। बहुत साहस करके, यह बताने के लिए कि अब दिल ही नहीं, मेरा सब कुछ आपको समर्पित हो चुका है। आपकी रात-दिन राह देखता मेरा मन मुझे एक पल के लिए भी आपसे दूर नही होने देता। क्या दिन, क्या रात, कोई क्षण ऐसा नहीं जब आपके विछोह में मैं न तड़पी हूँ...."

उस 'तड़प' की तस्वीर जो आगे खींची गई थी, उसे पढ़कर प्रेमा के गाल लाल हो उठे। 'हे भगवान, यह किस जमाने की देवदासी है, न कहने में लाज न लिखने में शर्म....और रवि ने किस कदर संजो रखा है यह पत्र, छुपे रुस्तम कहीं के.......कभी कानों कान भनक नहीं पड़ने दी कि शादी से पहले कोई यूँ भी उन पर मरती थी।

'हाँ भई, ऐसे प्रेमपत्र तो वही लिख सकता है जो 'जान हथेली पे' वाला प्रेम कर सके। और एक मैं हूँ, यहाँ दस साल से इसी गुमान में फूली बैठी हूँ, कि रवि और मेरा प्यार दोनों के लिए इकलौता है।

सोचते हुए प्रेमा के हाथों में चिट्ठी भिंचने लगी। एक पल को ऐसा लगा कि किसी तीसरे ने उन दोनों के बीच सेंध लगा दी हो। ऐसा क्या है इस कागज के टुकड़े में, कि दिल कसमसा उठा है। कोई ऐसी अनहोनी बात तो नहीं हो गई। क्या हुआ जो कोई लड़की रवि पर मर मिटी? अपने खुशशक्ल पति को याद करते ही प्रेमा के चेहरे के बादल छँट गए। कोई रीझ गई होगी उन घुंघराले बालों पर, उस टेढ़ी सी मुस्कान पर, जिसने सालों पहले प्रेमा का मन भी भरमा लिया था। यह प्यार के पहले पड़ाव की फिसलन-वह खुद भी तो इस ढ़लान पर पैर रख चुकी है-"हाँ, बस हाथ-पैर ही नहीं टूटे, वरना उसके "प्राणेश" ने तो कोई कसर नहीं छोड़ी थी-" सोचते-सोचते प्रेमा की उगलियाँ अनायास ही उस गुलाबी चिट्ठी को सहलाने लगी। न जाने कब की भूली बिसरी यादें उसके दिलोदिमाग पर छाने लगीं।

बिहार के एक छोटे से कस्बे से पढ़ी, दसवीं कक्षा प्रथम श्रेणी में उत्तीर्ण कर प्रेमा मिश्रा सीधे पटना विमेन्स कॉलेज के प्रांगण में पहुँच गई थी। ढेरों सपने अपनी बड़ी-बड़ी आँखों में सजाए उसने सोचा था कि अपनी प्रतिभा और लगन से सबकी आँखें चुंधिया देगी। पर उफ.....यह कॉलेज था या मायानगरी का प्रवेशद्वार... एक से एक सुंदरियाँ उसके आगे सरसराती हुई निकल जातीं, और वह अपने आपको संभालती, खड़ी रह जाती। यहाँ कौन जानना चाहता था उसके स्कूल जीवन की उपलब्धियाँ? प्रेमा मिश्रा डिबेट प्रतियोगिता जीते या सितार बजाए-किसे फर्क पड़ता था? सबकी आँखों पर चढ़े थे रंगीन चश्मे, जिसमें केवल बंबइया तर्ज के फैशन और गीत-संगीत ही छाया हुआ था। अध्यापिकाएँ तो प्रेमा से प्रभावित हो गई थीं, पर अपने आस-पास बिखरे रंग और नूर के सैलाब में खुद को बह जाने से कैसे रोके, यह उसकी समझ के बाहर था।

पटना में अपनी बुआ के घर रह रही प्रेमा न तो किसी से मन की दुविधाएँ बाँट सकती थीं, और न ही कोई शिकायत कर सकती थी। बुआ का अंकिचन लाड़-प्यार भी उसे संकुचित कर देता, और कॉलेज का बेबाक माहौल उसे संकोच की परिधि के और भीतर धकेल देता। ऐसा नहीं था कि प्रेमा के मन पर उस माहौल का असर न हुआ हो, पर मन की बातें बाहर आएँ, ऐसी भाषा से उसका परिचय ही नहीं था। और भाषा भी कैसी-कभी कोई चुटकुला छोड़ती, कहीं नारी हंसी के फव्वारे पिछली सीट पर बिखर जाते। कोई नए डिजाइन का सूट पहन आती तो उसके 'कट' और गले की गहराई पर घंटों बहस होती। यहाँ यह हाल था कि सबके कपड़ों के साथ बुआ उसकी सलवार कमीज़ भी खुद ही सिल देतीं। अब भतीजी की क्या मजाल जो उसमें मीनमेख निकाले। हाँ, एक फर्क जरूर आया था प्रेमा में। कसी-बंधी चोटी को अब वह एकाध दफे क्लिप के सहारे खुला छोड़ने लगी थी। बाल उलझ भी जाते तो वह परवाह नहीं करती; धीरे-धीरे समझने लगी थी कि थोड़ी बहुत उलझनें जीवन को खूबसूरती भी अता फरमाती हैं।

और तभी धूमकेतु सा प्रकट हुआ था 'वह' जिसके आने से प्रेमा मिश्रा के जीवने के सपाट चित्रपट पर भी ईस्टमैनकलर की धनकनुमा रील चलने लगी थी। "अरी दुमकेवाली का बड़ा भतीजा है," बुआजी फूफाजी को बता रही थीं, "बड़ा ही होनहार। दो बार पुलिस का इम्तिहान पास कर चुका है, पर जिद है कि वो क्या कहें-कलक्टरी के ही पेपर पास करेगा। आज कल तैयारी में लगा है। बन गया तो पूरे खानदान की नैया पार लगी समझो।"

प्रेमा ने सुना तो अजीब कौतूहल हुआ। फिर दूसरे दिन सुबह बगल की छत पर दर्शन भी हो गए। जनाब डंबल उठाए वर्जिश कर रहे थे, और वह कपड़े सुखाने छत पर चढ़ी थी।

"वाकई, महाशय हैं तो पुलिस की ही नौकरी के लायक," प्रेमा मन ही मन मुस्कुराई और कॉलेज पहुँचते-पहुँचते एक अजीब सी सुगबुगाहट मन को टटोलती रही। "क्यों बार-बार उसी के बारे में सोच रही हूँ? कलक्टर बने या कमिश्नर, मुझे क्या,"

पर जल्दी ही उसने पाया कि कलक्टर साहब ने पहली पोस्टिंग तो उसके दिल की नगरी में ही हथिया ली है। ऐसा होता है क्या प्रेम? "मन जोगी, तन जोगिया, कछु न आवै रास।" हिन्दी साहित्य की कक्षा में दीक्षित मैडम जाने क्या-क्या बोलती रहती हैं। पर अब प्रेमा को लगता है, मन लगाकर सुनती ही रहे। जाने कब की बंद, जंग लगी खिड़कियाँ भड़ाक से खुल चुकी हैं। सामने के नीम पर बैठे तोता-मैना उसकी अपनी भाषा बोल रहे हैं... अब बाकी जनता जो भी कहे सुने, उसे क्या लेना-देना?

क्या समझा रही थीं आज मैडम–

उठत गिरत रीझत-खिझत, मिलत-खिलत लजियात।
भरे भौन में करत है, नैनन ही सौं बात।।

पर ये कलक्टर साहब भी ऐसे पक्के हैं कि नैनों पर बारह इंची मोटी किताबें चिपकाए रहते हैं। कहाँ से मिलेंगे नैन, कब रीझेंगे, खिझेंगे, और बात करेंगे।

प्रेमा ने सोचा, उसे ही ढिठाई बरत कर पहल करनी होगी। कपड़े फटक-फटक कर सुखाने से कुछ नहीं होने वाला। वहाँ तो उन्नीस सौ तिड़तालीस का सूखा पड़ा है। प्रेम का बवंडर उठाने के लिए तो इंद्रयज्ञ ही करना होगा। और उसी रात उसकी कलम ने लिखा, पहली बार, किसी अनजान को, अपना बनाने का गीत।

''मेरे प्रिय...'' उफ! नाम भी तो नहीं मालूम। अजीब बेवकूफी है, करो तो मुश्किल न करो तो बेचैनी। जैसे-तैसे हाथ की कलम चल निकली। कह ही दिया प्रेमा मिश्रा ने, कि प्रेम की पटरी पर दिल की गाड़ी रफ्तार पकड़ चुकी है। उसकी धुक-धुक से चारों खाने शोर बरपा है, जो न जीने देता है न मरने। इससे पहले कि शोर बाहर वालों तक पहुँचे, तुम आकर संभाल लो।

खत तो लिखा गया, पर अब देवता तक पहुँचे कैसे। सो पड़ोस के पप्पू जी ने चार आने की सुपारी और दो रामलड्डू के बदले पोस्टमैन की भूमिका निभाई। खत गंतव्य तक पहुँचा, उसकी रसीद-लेने वाले ने भी पप्पू को चॉकलेट दी थी-प्रेमा को दिखा, उसे बागोबाग कर दिया। थोड़ी बेचैनी कम हुई, चलो, साहब तक दिल का हाल तो पहुँचा। पर आगे? दो दिन बीते, तीन दिन, फिर चार...अभी तक जवाब क्यों नहीं आया? क्या बुरा लग गया उन्हें? पर पूछे तो पूछे कैसे? प्रेमा का दिल धड़क-धड़क कर पसलियाँ हिलाए दे रहा था। अपनी ही सोचों में गुम, एक दिन वह कॉलेज से लौट रही थी कि धड़ाक से एक साइकिल ने रास्ता रोका। 'हे ईश्वर, सामने है वही दिल का दुश्मन...नहीं, नाराज तो नहीं लगता, पर इस तरह, बीच सड़क में?' प्रेमा कुछ बोले, इससे पहले ही मधुर रस कानों में घुला,

''विमेन्स कॉलेज में पढ़ती हैं आप?''

''जी,'' प्रेमा से कुछ कहते न बना।

''हिन्दी साहित्य भी पढ़ती होंगी।''

"जी...पर, उससे क्या?" हिम्मत बढ़ी तो पूछ ही लिया।

"वही तो, मैं तो पहले ही समझ गया था, उपमा और अलंकारों का ऐसा प्रयोग हर किसी के बस की बात नहीं।"

"आप ये सब बातें....क्यों कह रहे हैं?"

"मैं कहाँ कुछ कह रहा हूँ जी, आपने इतना कह दिया, मैं तो समझ ही नहीं पा रहा कि क्या कहूँ?"

प्रेमा को लगा, एक पल भी और रुकी तो धरती में ही न धंस जाए। वह चलने को हुई, तो सामने वाले ने फिर रोक लिया।

"प्रेमा जी, बहुत सुंदर लिखती हैं आप। कोई कविता वगैरह लिखा कीजिए, यकीन मानिए, आप छा जाएँगी।"

प्रेमा के कदम आगे बढ़ चुके थे, पर एक आवाज और आई,

"और हाँ, एक बात और...ये खत-वत लिखने का झमेला मत पालिए। आप तो सिर से पैर तक खुद ही एक खुला खत हैं। जो भी पढ़ेगा, खुशकिस्मत होगा।"

प्रेमा के पैर कहाँ पड़े, रुके, उसे याद नहीं। मन के दरवाजे धड़धड़ाते हुए ऐसे बंद हुए कि फिर किसी की दस्तक से नहीं खुले। भाड़ में जाए यह प्रेम और वह सिरफिरा प्रेमपत्र। बहुत हो चुकी यह धांधलेबाजी। जी लेगी वह ऐसे ही, जैसे जी रही थी। आँसुओं से डबडबाई आँखें बार-बार अपने लिखे को याद करतीं और पश्चाताप के भँवर में डूब जातीं। शायद इसी प्रायश्चित का नतीजा था कि उसे बी.ए. में सवार्धिक अंक मिले। एम.ए. के बाद जब रवि से उसका विवाह पक्का हुआ तो भी कभी उसे कोई खत वगैरह लिखने का मन नहीं हुआ।

और आज, दस साल बाद, रवि का लिखे, किसी प्रेम की मारी नायिका का पत्र पढ़कर, उसे लगा जैसे अतीत की वह पीड़ा सतह पर उभर आई। पर, अचानक ही प्रेमा को लगा, क्या गलत किया कलक्टर

साहब ने? उसके घोर सनातनी ब्राह्मण पिता कभी भी उसे श्रीवास्तव चाची के भतीजे से नहीं बांधते। ढेरों दर्द और विफलता के अलावा क्या रखा था इस डगर पे? "हाँ, किया था मैंने प्रेम, लिखा था मैंने भी प्रेमपत्र, चलो, इस एहसास से अछूता तो नहीं रहा जीवन।''

रवि ने रात को वह चिट्ठी देखी तो सकपका गया,

''अरे, ऐसे ही, कभी बात-बात कर ली तो यह सब बवाल...''

''अच्छा जी, बवाल है तो फेंका क्यों नहीं?''

''अब छोड़ो भी, मैं तो रख कर भूलभाल गया था, तुम्हीं ने खोद कर निकाल लिया।''

''क्यों? क्यों भूल गए थे? ऐसे ही होते हैं न सारे पुरुष... कोई दिल कागज़ पर उतार दे, और तुमने कबाड़ में डाल दिया?''

''प्रेमा, क्या हुआ है तुम्हें?''

''कुछ नहीं, पर मैं जानती हूँ, लिखनेवाली ने कैसे लौ लगाकर लिखा होगा... कद्र करो, किसी ने तुम्हें इस लायक तो समझा।''

''हे प्रभु, इस नारी से मुझे बचा। कहती है प्रेमिका के खत की कद्र करो। भई, कोई जलन वलन नहीं हुई तुम्हें?''

''न...जलन कैसी? मेरा प्रेमपत्र भी तो किसी ने संभाल कर रखा होगा... शायद, कभी-कभी पढ़ता भी हो।''

7

बहू माँ आ गई

''अरुणि... अरु... उठो न, देखो, आँखें खोलो...'' एक प्यार-भरी आवाज़ कानों में पड़ी तो अरुणिमा सोते से जाग पड़ी। आँखें खुलीं तो पाया, अरुण का हँसता हुआ चेहरा सामने था।

''यह सपना तो नहीं...,'' सोचते-सोचते उठ खड़ी हुई वह।

''अरे नहीं भई, पलंग से उठने को किसने कहा,'' यह वाकई अरुण ही था, ''यहीं बैठो, आँखें खोलो, और मेरे साथ चाय पियो।

अरुणिमा ने काँपते हाथों से चाय का कप पकड़ा तो अरुण ने उसके दोनों हाथ रजाई से ढाँप, कप अपने हाथ में ले लिया।

''आज चाय मेरे हाथों से पियो। कितने दिन हुए, अकेले चाय पी-पी कर उकता गया हूँ। तुम्हारे होने से चाय भी अलग है, और सुबह भी।''

अरुणिमा ने चाय घुटकते हुए अपने को यकीन दिलाया, वह अब अस्पताल में नहीं, घर में है। उसका पलंग, उसका कमरा, सब वैसा ही है। हाँ, अरुण कुछ-कुछ बदला सा लग रहा है। पर जल्द ही अपनी सोच के किवाड़ बंद करने पड़े उसे। ऐसी प्रेम-भरी लहर चली कि अपना आप उसे हवा में उड़ता जान पड़ा।

''बहूमाँ,'' यह उसकी सास, शोभना देवी थीं, ''अब तो जी कुछ ठीक हुआ होगा। घर की जलवायु होती ही ऐसी है। अस्पताल में तो मन भी बीमार हो जाता है।''

''बड़ी माँ,'' अरुणिमा के देवर की छोटी बेटी लाचू कूदती हुई आई, ''आप कैसी हैं अब? माँ ने पुछवाया है आप साबूदाना बड़ा खाएँगी? माँ ने खूब सारे बनाए हैं।''

''छोटी बहूमाँ तो कब से तुम्हारी राह देख रही है,'' शोभना जी बोलीं, ''कहती है, जीजी आएँ तो यह घर घर जैसा लगे।'' अरुणिमा अब आँचल सँभालती उठ खड़ी हुई थी। गले में साड़ी लपेट सास को प्रणाम किया तो अरुण को एक तसल्ली सी हुई। करीब साल भर बाद यह दृश्य देखना नसीब हुआ था। इतना कुछ भयानक बीतेगा उनकी गृहस्थी में, कभी सोचा न था। अरुणिमा की कमर में एक छोटा सा दाना निकला था, जो पीठ से साड़ी सरकने पर ही नजर आता था। धीरे-धीरे गाँठ बनती गई, और दर्द बढ़ता गया। आसनसोल जैसी छोटी जगह में इलाज संभव न था, सो कलकत्ता दिखाया गया। थोड़ा-बहुत आराम पड़ा, पर फिर वही तकलीफ। अरुण को लगा, मामला गंभीर है, तो बड़ों की राय लेकर उसे दिल्ली ले जाया गया। आगे की कथा सोचकर उसे आज भी झुरझुरी उठ आती है। राजीव गांधी कैंसर हॉस्पिटल में जाँच, फिर अरुणिमा की हताशा, रहने-खाने का खर्च ... वे दिन कैसे कटे, किसी को बताया नहीं जा सकता। दर्द के मारे अरुणिमा हिल डुल भी नहीं पाती थी। खैर, ईश्वर को दया आयी और एक बड़े ऑपरेशन के बाद अब उसे घर भेजा गया है, ढेरों दवाइयों और हिदायतों के साथ। घर के सभी सदस्यों के मुख पर राहत के भाव देखती है अरु-हाँ, कोई इतना बीमार पड़े तो सभी को कष्ट होता है। घर का तोता तक कल से अधिक ही चहक रहा है-''बहूमाँ आ गईं ... दिल्ली से- दूर से ...।'' नन्हा ध्रुव, अरु का बेटा, कूदता फिर रहा है, माँ के आने की गर्मी ही और है, जबकि शुरू से दादी का ही लाडला रहा है वह। फिर आज तो परिवारजनों ने शाम को उसके घर आने की खुशी में एक छोटा-मोटा

भोज भी रखा है। उसकी दोनों ननदें, देवरानी का मायका, मामा ससुर, अरुण के दोस्त, सभी आमंत्रित हैं। घर की हर दिशा से उस पर स्नेह की बौछार हो रही है। यहाँ तक कि मणिमाला, उसकी देवरानी भी उसकी आवभगत में लगी है। अरु को सब कुछ सपना सा जान पड़ा। ये दिन ऐसे बदलेंगे, सोच ही नहीं पाती थी वह। बस रात-दिन दवा और ग्लूकोज़ की महक को ही अपना भाग्य मान बैठी थी। खैर, अब उसे सब कुछ दोबारा संभालना है। वह शाम की राह देखने लगी।

हलचल भरी बैठक में बीचों-बीच सोफे पर लाल पाड़ की साड़ी में अरुणिमा और पीले रेशमी कुर्ते-पाजामे में अरुण। शोभना जी कई बार नज़र उतार चुकी थीं। अरु के माथे पर लाल सिंदूर दहक रहा था। कमजोर, नाजुक कलाइयों में लाल चूड़ियाँ, ऐसा लगता था मानो छूने भर से यह मूर्ति विलुप्त हो जाएगी। अरुण मन ही मन उसे निहार कर तृप्त था। हाँ, उसकी अरु आज भी उतनी ही सुंदर है, जितनी विवाह की वेदी पर लग रही थी।

''सचमुच भाभी,'' यह छोटी ननद कल्पना थी, ''हमारे भैया तो कलियुग के सत्यवान निकले। यम को हराकर अपनी सावित्री को जीत लिया। अरु ने लाज से सिर झुका लिया। बड़ी ननद ने बात का सिरा पकड़ लिया, ''भाई तो अरुण है ही प्यारा, पर पति रूप में ऐसी निष्ठा। अरुणिमा, भला मानो चाहे बुरा, पर इतनी सेवा मर्दों के बस की बात नहीं। अच्छे-अच्छे हार जाते हैं। पत्नी-प्रेम हवा में उड़ जाता है। तुम तो भाग्यवती हो, जो ऐसा पति पाया।"

''सो तो है दीदी," अरु का सिर थोड़ा और झुक गया।

मणिमाला से भी रहा न गया, ''क्यों न हो दीदी," वह वहीं धम्म से बैठ गयी, ''जेठ जी ने जीजी से सच्चा प्रेम किया है, हमारी तुम्हारी तरह थोड़े ही-बड़ों ने गठजोड़ा बाँध दिया, सो घूमे जा रहे हैं।"

सभी की हँसी पंचम स्वर में गूँज उठी। अरु की लज्जा भूतकाल की स्मृतियों से मिल गयी। वाकई, पड़ोस में रहने वाला अरुण उसे

इतना पसंद करता है, वह जान ही न पाई। पर जब ताई जी के घर से रिश्ता आया, तो उसकी माँ ''ईश्श'' कर उठीं। सोने जैसा वर, पुश्तैनी मकान-कारोबार, फिर बिटिया हरदम आँखों के आगे रहेगी। हवा में ही उड़कर जैसे वह इस घर आ गई। तब से अब तक, हर बात पर लज्जा से लाल हो जाना ही उसका स्वभाव बन गया। चाहे वह अरुण की कोई बात हो, या फिर सचमुच ही की गई कोई भूल। मणिमाला वाकपटु होने से शोभना जी के बाण उन्हें ही लौटा देती थी, सो उन्हें भी लगता, सास पद की गरिमा इसी में है कि गाहे बगाहे अरुणिमा को ही बहूपद की दीक्षा दी जाए। वैसे उन्हें निभाना खास मुश्किल नहीं था। फिर अरु की चुप्पी सौ समस्याओं का सीधा सा हल थी।

साँझ घिर आई तो अरुणिमा कपड़े बदल, कमरे में जाने लगी।

''बहूमाँ'' शोभना जी ने पुकारा तो उसे आश्चर्य हुआ।

''आप सोई नहीं माँ?''

''बस बहू, अब चैन की नींद ही सोऊँगी। तुम आ गई हो। अब अरुण को संभालो, अपना घर देखो। मेरे बेटे ने बहुत कुछ झेला है बीते दिनों। अब तुम्हारा फर्ज बनता है कि तुम उसे वह सब लौटाओ, जो उसका हक है।"

अरुणिमा के कपोल आरक्त हो उठे। शोभना जी बिल्कुल ठीक कह रही थीं। अरुण बेहद कमजोर हो चला था। किंतु इस सारे प्रकरण में उसे अपनी भूमिका स्पष्ट नज़र नहीं आई। बीमारी ने तो उसे ही ग्रास बनाना चाहा था। उसके पति ने छल-बल से उसकी साँसें दोबारा लौटा लीं तो वह जी गई। वह उपकार मानती है पति का, पर उपकार चुकाने का क्या तरीका हो, उसे समझ नहीं आया।

अरुण की बगल में लेटते हुए उसके रोम-रोम में कंपन होने लगा। कितनी आशा से जीवनदान मिला है। कैसे ढोएगी वह सबकी अनुकम्पा का बोझ? अरुण की बाँह का बोझ उसकी कमर पर पड़ा तो वह कसमसा उठी। अब आदत जो छूट गई थी। चाहकर भी वह उसे हटा

नहीं पाई। यदि अरुण ने इसके आगे भी कुछ चाहा तो? अरु की आँखों में नींद आकर भी नहीं आ पाई।

सुबह वह देर से उठी, तो सब काम पर निकल चुके थे। मन को समझा-बुझा उसने कमरा ठीक किया। फिर स्नान व पूजा कर, दवाएँ ले कर ध्रुव की अल्मारी खोली। सब कुछ बेतरतीब लग रहा था। सब ठीक करते-करते वह थक चली थी। फिर यही सब काम अपनी रफ्तार से आगे चलते गए। अरुणिमा का आराम, उसकी बीमारी, कुछ-कुछ पीछे छूटने लगे। पर वह अंदर से भयभीत थी-रसोईघर की आपाधापी में उसकी टाँगें काँपती थीं। पूरियाँ सेंक तो लेती, पर पहले की तरह दौड़-दौड़ कर खिला नहीं पाती थी। धोबी कपड़े दे जाता, तो ऊपरी तल्ले पर सबके कमरों में जमा कर आने में साँस फूलने लगती। अरुण उसे आराम करने की हिदायत तो देता, पर उसे स्वयं लगता कि सबके सामने पत्नी के स्वास्थ्य की चिंता उसके मुँह को अजीब से अपराध बोध से ग्रसित कर देती है। दुगुनी इच्छाशक्ति से वह दोबारा सामान्य होने की कोशिश करती।

मणिमाला अब दोबारा मायके जाने की तैयारी में थी। वह माँ बनने वाली थी, सो उसे सबकी स्वाभाविक उदारता भी मिलती थी। शोभना जी ने उस शाम अरु को लेटे देखा, तो रुक न सकीं।

''सुनो अरुणिमा, अब तो मणि के आराम का वक्त है। अब थोड़ी तुम भी पतवार संभालो। तुम्हारे पीछे उसने घर-गृहस्थी का सारा भार ढोया है।''

''जी माँजी, मैं तो खुद ही ...''

वाक्य पूरा भी न होने पाया था कि शोभना जी दोबारा बोल उठीं, ''बीमारी को तो मन से हराना पड़ता है बहूमाँ। आजकल तो इतनी दवा-दारू, उपचार, सब सुलभ है तो भी तुम उठ नहीं पा रहीं। हम तो जचगी के दिनों में भी नहीं कह पाते थे कि टाँगें कड़कड़ा रही हैं, एक कप चाय ही मिल जाए।"

और भी बोलती सासूमाँ, पर अरुण को आता देख चुप हो गईं। फिर भी अरुण ने सब सुन लिया है, यह दोनों से छुपा न रहा। शोभना जी के जाते ही अरुण ने अरु का भयभीत चेहरा देखा, और बोला–

"मैं जानता हूँ अरु, बहुत मुश्किल होगा अभी तुम्हारे लिए, पर अभी जो कुछ माँ ने कहा, वह पूरी तरह गलत तो नहीं। तुम हिम्मत करोगी, तभी उठ पाओगी। फिर घर–परिवार का बोझ एक ही बहू उठाए यह भी अच्छा नहीं लगता।" उसके गाल थपथपाकर वह निकल गया, पर अरु सहज नहीं हो पाई। दो मोटे–मोटे आँसू गालों पर लुढ़क पड़े। प्यार का ऐसा स्वरूप आज देखने को मिला कि सारे भ्रम एक साथ टूट गए। खूद को भाग्यशाली मान वह नए जीवन को ईश्वर का वरदान मान रही थी। आज लगा जैसे ईश्वर से पहले हर उस व्यक्ति का प्रतिदान उसे देना है जो उसकी बीमारी से प्रभावित हुआ है, चाहे वह उसका अपना पति ही क्यों न हो। यदि इस प्रतिदान में कुछ कोर–कसर रह गई, तो वह समाज की नज़र में आपराधिनी कहलाएगी। स्वयं को मज़बूत करते हुए उसने तोते का पिंजरा खोला तो मिट्ठू उसके कमरे की मुंडेर पर बैठ गया–"बहूमाँ आ गईं, दूर से ... दिल्ली से।" वह भी तो इसी पिंजरे से मिट्ठू की तरह ही बँधी है। कोई खोल भी दे, तो भी घर की मुंडेर का ही ठिकाना है। आँसू पोंछ लिए अरुणिमा ने। मणि ने कुछ ही देर में जाना है। चल कर देखना होगा, उसके सफर का खाना तैयार है या नहीं।

8

कछु कहा नहीं जाए

"यतीन सुन तो......" गैराज में गाड़ी खड़ी कर यतींद्र ने घर के बरामदे में कदम रखा ही था कि माँ का उत्साह मिश्रित स्वर सुनायी दिया। "क्या बात है माँ?" उसने भी तड़ से माँ के गले में गलबाहियाँ डालते हुए पूछा, "आज तो हवा में कुछ खास ही बात है।'' बात थी भी, तभी यशोदा जी के बीमार चेहरे पर भी रौनक झलक रही थी और होठों पर कुछ कहने की उत्सुकता।

"अरे भाई यतीन, आज तो तुम अपनी माँ से बेशक सारी जायजाद अपने नाम लिखवा लो, बड़ा अच्छा मौका है," विश्वंभरनाथ जी हँसते हुए बोले।

"अब छोड़ो भी," यशोदा जी से रहा न गया, "जब भी मेरे मायके से कोई आता है, तुम्हारे कलेजे में दर्द होने लगता है। वह तो कहो घनश्याम जीजा जी ऐसी-वैसी बातों पर कान नहीं धरते, नहीं तो बहनोई का रिश्ता कम नखरे का नहीं होता।"

यशोदा जी कुछ कहें इससे पहले ही यतींद्र के कान खड़े हो चुके थे, "अरे माँ, घनश्याम मौसा जी आ रहे हैं क्या? अब तक बताया क्यों नहीं?"

"ये कुछ कहने दें तब ना", यशोदा जी की उमंग क्रोध में तब्दील हो चुकी थी, "अब तू ही सोच बेटा, पूरे आठ बरस बाद निर्मल जिज्जी को देखूँगी, मेरा मन तो सोच कर ही भर आया है। मेरठ से दिल्ली की

दूरी भी कोई दूरी है, पर बुरा हो इस घुटनों की बीमारी का, मुझे तो अपनों से मिलना भी दुश्वार हो गया। वह तो जीजा जी का बड़प्पन है, जो सारे परिवार को जोड़े हुए हैं, वरना याद तो कर तेरे पापा या तुम कितनी बार मेरठ गए हो?"

यतींद्र को वाकई कोई जवाब नहीं सूझा। वह सोचने लगा, माँ की शिकायत बहुत बेजा तो नहीं। जब तक उनके पैरों में ताकत थी, आना-जाना, लेन-देन, नाते-रिश्ते सब निभाने में उन्होंने कोई कसर नहीं रखी। मायका तो मायका, अपनी भरीपूरी ससुराल में भी उनका आतिथ्य सबकी जबान पर रहता। किसी का ब्याह हो या बच्चे का मुंडन-नामकरण, यशोदा जी की उपस्थिति अनिवार्य थी। पर ज्यों-ज्यों उम्र का शिकंजा कसने लगा था, उनकी शक्ति छीजने लगी थी। उनकी बहू मुग्धा परिवार को पूर्णतया समर्पित थी, किंतु यशोदा जी की तरह उसके परिवार की परिधि इतनी बड़ी नहीं थी। वह जान-समझ गयी थी कि घर आए अतिथि का स्वागत-सत्कार यथायोग्य होना चाहिए, किंतु अतिथि मुड़-मुड़ कर लौटने के लिए प्रेरित हो कर विदा हों, यह कला तो यशोदा जी के अधिकार क्षेत्र में ही थी।

यतींद्र ने देखा, मुग्धा चाय लायी, साथ में पकौड़े भी थे, पर न तो किसी ने उससे कुछ कहा, न ही उसने यशोदा जी के उत्साह को नोटिस करने की चेष्टा की। शायद उसे किसी ने बताया भी न होगा कि मौसी का परिवार आनेवाला है। एसे मौकों पर न चाहते हुए भी यतींद्र को सूत्रधार का किरदार निभाना पड़ता था।

"सुनो मुग्धा, मेरठवाले मौसा जी आ रहे हैं अगले हफ्ते। माँ से पूछ कर तुम उनके खाने-पीने का हिसाब देख लेना।"

यतींद्र के इतना कहते ही यशोदा जी दोबारा हरकत में आ गयीं, "अरे जीजा जी का खाना भी कोई खाना है। जिज्जी तो हैं ही मेरी तरह मरीज और घनश्याम जी तो एक रोटी सुबह, एक रात। कभी-कभार सूप पी लिया, तो रोटी का भी नागा। उनके खाने-पीने का तो कोई भार ही नहीं।"

"भार की बात नहीं है माँ जी," मुग्धा ने स्वर को यथासंभव विनम्र बनाते हुए कहा, "कोई खाए न खाए, हमें तो अच्छी तरह पूछना ही चाहिए।

"सो तो है बहू," यशोदा जी का गर्वीला स्वर अब सप्तम पर था, ''और मेरे मायके में तो तुम्हें क्या बताऊँ, हर तरह के फल सब्जी का रिवाज है। घनश्याम जीजा जी तो खुद ऐसे बावर्ची हैं कि बस! तरह-तरह की मिठाइयाँ, कचौड़ी, बेड़वीं जो चाहो बनवा लो, मजाल है जो बंदा कहे कि मैं थक गया।"

यतींद्र ने सुना और उसके होठों पर एक शरारती मुस्कान खेल गयी। अब तो माँ को कुछ भी कह कर चुप नहीं कराया जा सकता। घनश्याम मौसा जी-वाकई एक आकर्षक, लोमहर्षक, चुबंकीय चरित्र। यतींद्र के मानसपटल पर मौसी का सीताराम बाजार वाला घर पर कौंध गया। छोटी सी गली में बड़े-बड़े किवाड़ों वाला पुश्तैनी घर, जिसमें घुसते ही एक के बाद एक बरामदे खुलते जाते। एक ही नक्शे के बड़े-बड़े कपाट, चौड़े तख्त और मूढ़े। खुले चौक में पटले पर बिराजे घनश्याम मौसा खीर की कड़ाही में कलछा हिलाते हुए। और शायद वहीं एक नामालूम से कोने में सूखे मेवे सरौती से कुतरती निर्मल मौसी। यतींद्र को देख कर वे तन मन से खिल उठते, "आओ भई पप्पू!" यह पप्पू का पहला हास्य संस्करण था, जो उन्होंने यतींद्र के दुबले शरीर और गोल चेहरे को देख कर निकाला था, "बड़ी देर से सोच रहा था खीर बना तो ली, पर खिलाऊँ किसे? भई तुम्हारी मौसी तो जवानी में ही मीठे का रोग-शोग लगा बैठी। और निन्नी-मिन्नी, उन्हें तो बस नमक-मिर्च के घोल में डुबकियाँ लगवा लो। तुम ही अब मेरी मेहनत सफल करो भाई।"

कहते-कहते उन्होंने बादाम की कतरन और किशमिश से खीर ढक ही डाली थी और कटोरा यतीन के हाथ में थमा दिया था। खीर सचमुच बेहद स्वादिष्ट थी। पर यतीन को आज भी याद है, मौसी के विकारहीन चेहरे पर उस स्वाद की परछाईं भी नहीं थी। बेशक वे खीर खा न सकीं

हों, पर घर पर बने एक बढ़िया व्यंजन की महक तक ने उन्हें कहीं से नहीं छुआ था। यतींद्र तब समझ नहीं पाया था, पर यह छवि उसके भीतर कहीं गहरे दब गयी थी। और अब तो वह भली-भाँति जानता था कि घनश्याम मौसा के उत्साही उछाल को संभालने के लिए मौसी को धैर्यशील अवनि का अवतार धरना ही पड़ता था।

एक छोटी प्राइवेट नौकरी थी मौसा जी की, तनख्वाह भी ज्यादा नहीं, पर शाहखर्ची की ऐसी मुँहलगी आदत थी कि जब तक दो-तीन सब्जियाँ न हों, तब तक गुस्सा गले से नीचे नहीं उतरता था। दाल हो, तो घी ज्यादा दाल कम, वरना पूरा पतीला घर की महरी को सौंप दिया जाता था। हर इतवार कोई न कोई व्यंजन मौसा जी स्वयं बनाते और सामग्री जिस औदार्य से प्रयोग की होती, देख कर लगता कि पूरी गली को न्यौता है। मौसी और उनकी बेटियों का पाक कला से उतना ही नाता था, जितना एक घर के चौकीदार का घर से होता है। मौसी अपनी सरकारी नौकरी और गृहस्थी का दायित्व जितनी जिम्मेदारी से निभातीं, मौसा आए दिन उसे फुटबाल की तरह गेंद सा घुमाते रहते। जी आया, तो एक जगह दो महीने टिक लिए, बहुत हुआ 1 साल। फिर कहीं न कहीं यह भावना भी थी ही कि चाहे जो हो, मौसी उनके आशियाने के तिनके बिखरने नहीं देंगी। इतने पर भी सभी रिश्तेदारों में निर्मल मौसी के प्रति रोष और मौसा जी के प्रति एक विशेष अनुराग मुखरित होता रहता।

"भई जो भी कहो, घनश्याम जैसा दिलदार न कोई है, न होगा। जब भी जाओ, अगला सिर-आँखों पर बिठा लेता है। कभी-कभी तो लगता है निर्मल उसकी कद्र ही नहीं कर पायी। इतनी रूखी-सूखी रहती है कि बस।"

मौसी जितना भी बोलतीं, वे चाह कर भी मौसा जी के उछाह की बराबरी तो कर ही नहीं सकती थीं। बचपन से ले कर जवानी के अनगिनत किस्से, छूटी प्रेमिकाएं, हड़काए गए बॉस-यह सब मिलकर एक स्वप्नलोक ही रच डालते। आस-पास की दुनिया पीछे छूट जाती

और सुनने वाले पर हावी हो जाती घनश्याम मित्तल की रंगीन दुनिया, जो कलरफुल बाइस्कोप की तरह देखने वाले को एक मायावी कल्पनालोक में ले उड़ती।

मौसा जी की दो संतानों में भी यही विरोधाभास देखने को मिलता था। बड़ी निन्नी यानी अंवतिका एक प्राइवेट फर्म से तरक्की करते-करते एक बड़े निजी संस्थान में मैनेजर थी। मौसा जी की तरह ही तेज़ पर केन्द्रित अभिलाषाओं ने उसे जीवन में भी पूरी तरह 'फोकस्ड' कर दिया था। समय रहते ही उसने अपने पंजाबी बॉस से मामला फिट करके दक्षिण दिल्ली के एक अभिजात्य इलाके में गृहस्थी बसा ली थी। मौसा जी ने उसके अंतर्जातीय विवाह को भी उसकी प्रगति का एक 'माइलस्टोन' ही माना था। यशोदा जी ने दबे स्वरों में आपत्ति की, तो वे ठठा कर हंस पड़े थे।

"अरे भई साली जी, मैं तो कहता हूँ हम बनियों को तो ऐसे ही अक्ल आएगी। इसी तरह बिना दहेज के प्रेम विवाह होंगे तभी यह समाज अपने लालच से उबर पाएगा। तुम देखना, तुम्हारा पप्पू भी एक दिन कोई स्वप्नसुंदरी ले आए, तो दिल बड़ा करके आरती उतार देना।"

यशोदा जी गेंद अपने पाले में आयी देख चुप लगा गयी थीं। तब सत्रह वर्षीय पप्पू ने सोचा भी नहीं था कि ऐन दस वर्ष बाद उसे भी अपनी माँ से ऐसी ही उदारता की उम्मीद लगानी होगी। मुग्धा का विजातीय होना यशोदा जी को बुरी तरह खल गया था। पर अपने पति और जीजा के आगे वे अधिक समय तक टिक नहीं पायी थीं। फिर मुग्धा के संयत व्यवहार ने उन्हें अधिक शिकायत का मौका भी नहीं दिया था।

अवंतिका से छोटी मिन्नी यानी अनुभा नाम के अनुरूप बेहद संवेदनशील व कोमल युवती थी। माँ का गोरा रंग व पिता के तीखे नाक-नक्श उसे विरासत में मिले थे। पढ़-लिख कर वह विवाह की

पंक्ति में अग्रिम स्थान पर खड़ी थी और मौसा से अधिक मौसी की चिंता का मरकज थी। सुंदर होने पर भी उसके लिए आया हर रिश्ता पलट कर देखना भूल जाता और उसकी चौखट सूनी रह जाती। निर्मल मौसी कुछ वर्षों से एक ही बात रटे चल जातीं, 'मिन्नी का कुछ नहीं होने का।' मौसा जी चिंतित अवश्य थे, पर अपने संसार में पूर्णतया मस्त। मेरठ जाने पर भी उनकी मित्रमंडली ज्यों की त्यों थी, जिनसे मिलने वे हर हफ्ते सीताराम बाजार आते। एक दफा तो यतींद्र ने उन्हें तहमद-बनियान में हल्दीराम पर छोले-कुलचे खाते पकड़ा था। कारण केवल इतना था कि सुबह एक मित्र कार से लिफ्ट दे रहे थे, सो आने की जल्दी में वे कपड़े न बदल सके थे। सारे बाजार में उनका स्वागत इसी रूप में होता, यदि यतींद्र उन्हें खींच कर घर न ले जाता।

और अब इतने वर्ष बाद वे मौसी सहित आ रहे हैं। कुछ तो बात होगी। अगली सुबह बात स्वयं ही खुल गयी थी।

"अरे यतीन, भई तेरे मौसी-मौसा शाम तक आएंगे और अगली सुबह वापस। सुन, मिन्नी का रिश्ता हो गया है। अचानक, उसी सिलसिले में तेरे पापा से कुछ बात करनी है। तू उन्हें स्टेशन से ले आइयो बेटा," यशोदा जी ने कहा, तो यतींद्र को खुशी ही हुई थी। आखिर तीस पार की उम्र में रिश्ता होना कोई सरल तो नहीं। जल्दी-जल्दी सब काम निबट जाए, तो मौसी को शांति मिले।

मौसा-मौसी आए तो घर पर एकबारगी रौनक छा गयी थी। घनश्याम जरा भी नहीं बदले थे, बल्कि बढ़ती उम्र में भी उनकी चुस्ती हैरान करने वाली थी। मुग्धा के हाथ की चाय पीते-पीते ही उन्होंने उसे मेवों की गुझिया की रेसिपी थमा दी थी और अगली सुबह उनके निरीक्षण में वही बनने वाली थी। मौसी के चेहरे की झुर्रियों में बेशक इज़ाफा हो गया था। यतींद्र को लगा, पुत्री भार से उनका कद और छोटा हो चला है। धीमा सा हंस कर उन्होंने यतींद्र को गले लगाया, तो उसे लगा जैसे उनकी छाती भर आयी हो।

"कैसे हो बेटा?" एक छोटा सा अपनत्वभरा प्रश्न उन्होंने पूछा, तो यतींद्र से भी रहा न गया, "मैं तो अच्छा हूँ मौसी, और आप भी सारी फिक्रें मुझ पर डाल दीजिए। अनुभा की शादी इतनी बढ़िया होगी कि लोग याद करेंगे।"

"भई, बढ़िया तो हर हाल में होगी," यह स्वर था घनश्याम मौसा जी का, "अब बड़ी ने तो हमें ज्यादा मौका ही नहीं दिया कुछ तैयारी करने का, वह तो खुद ही सब निबटा कर विदा हो गई। लेकिन तुम देखना साली जी, मिन्नी के ससुरालवाले भी दंग रह जाएंगे कि दिल्ली आ कर मेरठ वाले क्या रंग जमा सकते हैं।"

"हाँ-हाँ भई, क्यों नहीं?" यशोदा जी भी बेहद खुश थीं। "फिर आप मेरठ वाले कब से हुए जीजा जी? पुरानी दिल्ली की गलियाँ इतनी जल्दी भूल गए?"

"नहीं भई, साली जी, हम और सीताराम बाजार को भूल जाएं। हम तो आज भी तुम्हें एक-एक दुकान की पुश्तें खोल कर दे सकते हैं। कौन क्या बढ़िया बेचता है, हमसे मुँहजबानी लिखवा तो। पूछ तो निर्मल से, मेरठ में भी जो एक छटाँक जीरा भी खुद खरीद कर लाई हो। सब जिम्मा तुम्हारे इस जीजा का ही है।"

जवाब में निर्मल मौसी एक फीकी हंसी हस दी थीं और मौसा जी का कोई दूसरा पुराण शुरू हो गया था। यतींद्र को लगा, ब्याह का उत्साह मौसा और चिंता मौसी ने ओढ़ ली है। हमेशा की तरह जैसे अपनी गृहस्थी के सुख-दुख वे बाँटते आए थे, मौसी का जिम्मा था कि हर जरूरी बात वे याद करतीं और याद दिलाती जातीं। ब्याह दिल्ली से होना था और आधा जिम्मा यशोदा जी ने उठा लिया था। यह भी निर्मल मौसी की ही सूझ थी कि उनके घर को अस्त-व्यस्त करने के बजाय उन्होंने एक अच्छी धर्मशाला को बुक कर लिया था। मौसा जी का सारा ध्यान शामियाने और खाने पर केंद्रित था। मिन्नी को क्या देना है, कैसे ससुरालवालों का लेनदेन निभाना है, सब निर्मल मौसी ने खुद ही

सोच लिया था, ''मैं किसी को कोई उंगली नहीं उठाने दूँगी यशो,'' वे यशोदा जी से बोली थीं, ''जो है जितना है, सब सलीके से उसके लिए रख छोड़ा है। फिर और कोई संतान तो है नहीं, जिसके लिए जोड़ती फिरूँ।''

मन ही मन वे जानती भी थीं कि इससे अधिक 'जोड़ने' का माद्दा उनमें या उनके पति में है भी नहीं। फिर भी एक दबी छुपी आशा थी उन्हें कि मिन्नी का ब्याह वे अच्छी तरह निपटा सकते हैं।

देखते-देखते विवाह की तिथि आ पहुँची। यशोदा जी परिवार सहित एक दिन पहले ही धर्मशाला में शिफ्ट हो गई थीं। जीजाजी के चुटकुलों और बातों की फुलझड़ियों से धर्मशाला गुलजार थी। कभी वे शामियाने वालों पर अकारथ ही बरस पड़ते, तो कभी हलवाईयों पर अपनी पाक विद्या का रोब झाड़ रहे होते।

''अरे कचौड़ियों में मोयन पड़ रहा है या मोयन में कचौड़ियाँ। घी टपकाने से स्वाद नहीं आता बुढ़ऊ। जरा कड़ा हाथ लगाओ आटे को तो जान पड़े। लाओ इधर,'' कहते-कहते वे सचमुच ही पाजामा समेट परात में आटा मसलने बैठ गये थे।

यतींद्र को ऊपर के कामों से ही फुरसत नहीं थी और यशोदा जी ने मिन्नी के सुसरालियों का लेखा-जोखा रखते-रखते उनकी चीर फाड़ की जिम्मेदारी भी उठा ली थी, ''अरे इसकी सास में तो खूब ठसका है जिज्जी, कहती है शाम का खाना मिसरानी पकावे है। बड़ी बढ़िया सोशल लाइफ है जी। अरे मिन्नी, तू भी किसी किट्टी-शिट्टी में घुस जाइयो,'' हंसते-हंसते मिन्नी की तो पसलियाँ ही टीसने लगी थीं। मुग्धा सोचने लगी कि बीते दस सालों में उसकी अपनी सोशल लाइफ क्या रह गयी थी। किटी तो दूर रही, अपनी एकमात्र सहेली से मिलने को भी तरस जाती थी वह। यशोदा जी से उसकी अनुपस्थिति एक घंटे को भी बर्दाश्त नहीं होती थी।

सास-बहू में अत्यधिक संवाद हो न हो, यशोदा जी भलीभाँति जानती थी कि उनकी गृहस्थी का चक्का अब मुग्धा के भरोसे ही सरपट दौड़ रहा है। अब न तो उन्हें महरी की खिचखिच ही विचलित करती थी, न ही यतींद्र के पापा की अनगिनत फरमाइशें। मुग्धा के सधे हाथों ने रसोई की कमान संभाल रखी थी।

“बहू”, मुग्धा के विचारों की तंद्रा निर्मल मौसी के स्वर से ही टूटी थी, “तुम मिन्नी के संग-संग ही रहना। उसे तैयार करा के कुछ खिला-पिला भी देना। फिर तो......” कुछ कहते-कहते रुक गयी थीं मौसी। उनके स्वर का भीगापन मुग्धा को कहीं गहरे जा कर छू गया।

“आप बेफ्रिक रहें मौसी, मैं अनुभा को कतई अकेला नहीं छोडूंगी।”

“जीती रहो बेटा,” निर्मल मौसी कह कर मुड़ी ही थीं कि अस्त-व्यस्त सी यशोदा जी आन पड़ीं।

“अरी जिज्जी, तुम काहे में अटकी हो यहाँ, नीचे तो सुनते हैं बड़ा अनर्थ हो गया।”

‘क्या कहती है यशो, कुछ सोच-समझ कर बोल।”

“सोचने का वक्त नहीं है जिज्जी, नीचे चल कर देखो वर पक्ष की ओर से तीन-चार बड़े लोग आए हैं। कोई मर-खप गया, ऐसा लगे है मुझे। मैं तो कहूँ यह ब्याह तुमने मलमास में ठहराया ही क्यों?”

निर्मल मौसी के चेहरे पर छाया सी उतर आयी। यशोदा जी को प्रलाप करता छोड़ वे धप-धप सीढ़ियाँ उतर गयीं। निचले तल पर जा कर देखा, तो वर के पिता स्वयं घनश्याम जी के आगे सिर हिलाते दिखे। पास आ कर सुना, तो एकबारगी उनका माथा घूम गया।

“हमें क्षमा करें मित्तल साहब,” स्वर की दीनता में कही न कहीं खीज का भी पुट था, “विवाह तो अब हो नहीं सकता। हमारी ससुराल की बड़ी बहू नहीं रहीं, हमारा नाता तो एकदम पास का है। जिनके दर पर विपदा टूटी है, वे हमें कभी क्षमा नहीं करेंगे।”

घनश्याम मौसा के तो चेहरे पर ऐसी हवाइयाँ उड़ रही थीं कि देखने वाले को लगा वे किसी भी पल अपने समधी के पैर न पकड़ लें। दोनों हाथों की उंगलियाँ एक-दूसरे में फंसा कर वे सिर झुकाए कुछ बुदबुदा रहे थे। मौसी समझ गयीं वे ऐसी स्थिति से निकल भागने को छटपटा रहे थे। ऐसे मौकों पर उनकी बुद्धि उनसे कुछ भी करा सकती थी।

अचानक ही सबने देखा, पल्लू माथे पर खींच दुल्हन की माँ सबके सामने आ खड़ी हुई। हाथ जोड़ कर समधी के आगे धीमे स्वर में बोली, "ईश्वर साक्षी है समधी जी, मृत्यु हम पर भी गाज बन कर गिरी है। पर केवल इसलिए नहीं कि विवाह में विघ्न पड़ा, पर इसलिए कि ससुराल में प्रवेश करने से पहले ही मेरी बेटी ने एक प्रियजन खो दिया। किंतु जितनी घड़ियाँ ऊपर वाला लिख दे, उससे कमती या बढ़ती एक पल नहीं हो सकता।

"मेरी हाथ जोड़ कर विनती है आपसे, जन्म और मृत्यु की तरह विवाह की घड़ी भी ऊपर वाले के ही हाथ में रहने दें। जिस पल भांवरें पड़नी तय हुई हैं, वही तय रहे, बाकी का तामझाम करने का कोई औचित्य नहीं।"

''लेकिन हम बारात कैसे ले आएँ बहनजी?''

"आपसे बारात लाने को कह ही कौन रहा है भाई साहब?" मौसी के स्वर की दृढ़ता हॉल में गुंजायमान हो उठी, "चार बड़े आपके, चार हमारे, वर और वधू। मृत्यु के सूतक में बेशक बिदा भी न कराइए, ब्याह हो जाए, फिर मुहूर्त देख कर बहू को ले जाइएगा।"

"किंतु..." वर के पिता कुछ कह पाएं, उससे पहले ही मौसी ने दोबारा कमान संभाल ली, "आप भी बेटीवाले हैं भाई साहब, ब्याह की तिथि टल गयी, तो जवाब देते-देते हमारी कमर टूट जाएगी। ईश्वर न करे, कहीं मेरी मिन्नी इस हादसे को जी से लगा बैठी तो......" कुछ पल रुक कर मौसी फिर बोल उठीं, ''अपने घर की लक्ष्मी को न ठुकराएं आप, हम तो उसे आपकी ही बहू मान चुके हैं। आप खुद सोचिए, आप उसके सिर से सायबान छीन सकेंगे क्या?"

वर के पिता निरुत्तर खड़े थे। भीड़ में खुसुर-पुसुर होने लगी, तो उनका गुरुगंभीर स्वर गूँजा, "आप बिटिया को सात बजे आर्य समाज मंदिर ले कर पहुँचें। हम भी पहुँच जाएंगे। हमसे भोजन का आग्रह न कीजिएगा। बस रस्म के लायक मुँह जुठला कर लौट जाएंगे। आगे बिदा की तिथि आपको सूचित कर दी जाएगी," कर कर वे विदा होने लगे, तो कृतज्ञता के मारे मौसी की आँखे डबडबा आयीं। फिर तो चलचित्र की भाँति उन्होंने विवाह के लिए पहनी पीली बनारसी उतार एक सादी कन्नी की धोती बाँधी और रोती मिन्नी का मुँह धुलवा कर उसे नीचे ले गयीं। धीरे-धीरे सारा काज निबट गया। विवाह के बाद मौसा-मौसी लौटे, तो मिन्नी तो थकान से क्लांत एक कोने में ढुलक गयी और घनश्याम मौसा चुपचाप गद्‌दे पर जा बैठे।

"सब निबट गया जीजा जी?" यशोदा जी ने अपनी उत्सुकता को भरसक दबाते हुए पूछा।

"हाँ यशो," मौसा के बजाय मौसी ने जवाब दिया, "यह शादी न हो पाती, तो मैं खुद को कभी माफ नहीं करती। अब जो भी हो, लड़की तो अपने घर की हुई।"

यशोदा जी ने पहली बार देखा, उनकी बहन के चेहरे पर असीम संतोष मुखरित हो रहा था। जीजा जी एकदम चुप थे, आज होंठों पर न कोई चुहल थी, न वाचालता। केवल थी तो बस एक मूक कृतज्ञता, 'आज निर्मल न होती तो...' इससे आगे सोच कर वे पत्नी के किए को छोटा नहीं बनाना चाहते थे।

मौसी तभी अपने पति की ओर मुड़ीं, "हमें सुबह ही मेरठ लौटना होगा जी। आप बसवाले से बात कर लें।" और यशोदा जी ने पहली बार देखा, जीजा जी ने न कोई प्रतिवाद किया, न ही कोई लापरवाह प्रत्युत्तर। एक आज्ञाकारी बालक की तरह वे विश्वंभर की ओर बढ़ चले।

9

बहूरानी

'हूँ ... ॐ नमः शिवाय! अहा! शाम की ताजा हवा, बरसाती मिट्टी की सोंधी-सोंधी महक, घर लौटते परिंदों की चहचहाहट ... कुछ चीजें कभी नहीं बदलतीं ... खासकर वे, जो मनुष्य को प्रकृति से जोड़ती हैं,' यही सब सोचते-सोचते मैं घर की ओर लौट रहा हूँ। मैं, यानी रिटायर्ड ब्रिगेडियर अर्जुन अहलावत, करीब छत्तीस साल भारतीय सेना की सेवा करने के पश्चात् तीन साल पहले ही रिटायर हुआ हूँ। हालात कुछ ऐसे बने कि रिटायरमेंट के बाद दिल्ली में अपना मकान होते हुए भी सब बेच-बाचकर देहरादून शिफ्ट होना पड़ा। क्यों? यह मैं आपको बाद में बताऊँगा। फिलहाल तो आप इतना ही जान लीजिए कि सेना में उम्रभर नौकरी करने के बावजूद मैं एक बेहद खुशमिजाज, सरल व उदार व्यक्ति हूँ।

परिवार में कृष्णा है। जी हाँ, मेरी धर्मपत्नी कृष्णा अहलावत। नाम रखने में माँ-बाप ने अवश्य जल्दबाजी की होगी, क्योंकि कृष्णा कहीं से भी कृष्णवर्ण की नहीं है। दूध-धुला रंग, सामान्य कद-काठी और हल्का भूरापन लिए हुए घुंघराले बाल - एक स्वस्थ जाट परिवार की स्वस्थ पुत्री व बहू, मेरे दोनों बच्चों - प्रणव व प्रज्ञा की ममतामयी माँ व मेरे लिए एक धर्मभीरू, गृहकार्य दक्ष पत्नी। उसके व मेरे बाहरी व्यक्तित्व की समानताएँ छोड़ दें, तो हमारे विचारों में जमीन-आसमान

का अंतर मिलेगा, यह दीगर बात है कि ज्यादातर हिंदुस्तानी विवाह इस अंतर के बावजूद सफलता की सिल्वर व गोल्डन जुबली मनाते आ रहे हैं। उसे देहरादून लाने में मुझे कितनी दिमागी मशक्कत करनी पड़ी, यह मैं ही जानता हूँ।

अब आपसे क्या छिपाना? जिंदगीभर की कमाई लगाकर दिल्ली के शालीमार बाग में अपना दोमंजिला मकान खड़ा किया था। कुछ दिन उसमें रहे भी, पर भाग्य को कुछ और ही मंजूर था। बेटी उन दिनों मेडिकल करके यू. एस. जाने की तैयारी में थी व प्रणव आर्किटेक्चर के प्रथम वर्ष में। अचानक हम पर प्रकट हुआ कि प्रज्ञा अपने विजातीय सहपाठी से प्रेम विवाह करना चाहती है। सुनकर मैं तो संयत रहा, पर कृष्णा तो आपा खो बैठी। उसकी नजरों में बेटी की इस साजिश के पीछे मेरा हाथ था। अब मैं उसे क्या कहता कि मेरी बला से एक करियरशुदा, परिपक्व लड़की करियप्पा से विवाह करे या कुमावत से, मुझे कोई फर्क नहीं पड़ता। लेकिन कृष्णा की हाय-तौबा से घबराकर प्रज्ञा ने कोर्ट मैरिज कर ली और मैं यह अपराध कर बैठा कि नवविवाहित दंपति को एयरपोर्ट तक सी-ऑफ करने चला गया। इसकी सजा यह मिली कि एक महीने तक कृष्णा न मुझसे बोली, न ही उसने ढंग से कुछ खाया-पीया। कुछ रोज तो मैंने बर्दाश्त कर लिया, पर जब उसके स्वास्थ्य पर असर पड़ने लगा तो मुझे बड़ी चिंता हुई। डॉक्टर ने कुछ टेस्ट वगैरह करके यह नतीजा निकाला कि श्रीमतीजी घोर डिप्रेशन यानी अवसाद की स्थिति में हैं। यदि उन्हें शीघ्र ही इससे न निकाला गया तो मुश्किल आ सकती है। यह सुनकर मेरे तो जैसे हाथ-पैर ही फूल गए किन्तु प्रणव ने सही राय दी कि मैं उसे लेकर आबोहवा बदलने किसी नैसर्गिक जगह पर निकल जाऊँ। जाने की सोच ही रहा था कि मुझे अपने पुराने दोस्त कर्नल उपप्रेती का ख्याल आया। रिटायरमेंट के बाद वह अपने घर देहरादून चला गया था। कई बार उसने हमें बुलाया, पर किसी न किसी वजह से हम जा न सके थे। आज इस मुसीबत की घड़ी में मुझे वहीं जाना उचित जान पड़ा।

मैं पत्नी सहित बोरिया-बिस्तर बाँध देहरादून चला आया। यहाँ आकर कृष्णा की हालत में आश्चर्यजनक गति से सुधार हुआ। एक तो उपप्रेती का खुला हवादार बंगला, दूजे उसकी हँसमुख गढ़वाली पत्नी का साथ, दोनों मिलकर कृष्णा के लिए जैसे रामबाण सिद्ध हुए। कर्नल मुझे किचन गार्डन में उलझाए रखता और उसकी पत्नी कृष्णा को दवाइयाँ कम और बातों की खुराक ज्यादा देती। लिहाजा हुआ यह कि तीन-चार हफ्तों में ही कृष्णा कुर्सी छोड़ बैडमिंटन खेलने लगी, कभी-कभार किचन में पकौड़े तलने लगी और जब एक दिन उसने अचानक बगीचे से गुलाब तोड़कर जूड़े में खोंसा तो मैं चालीस साल पहले की कृष्णा को याद कर बैठा, जो हमेशा अपने जूड़े में फूल लगाए रहती थी।

जाने का समय निकट जान मैंने उपप्रेती से दिल्ली की टिकटें रिजर्व कराने को कहा। किंतु आशा के विपरीत, उसे मेरे निर्णय से कोई खास खुशी नहीं हुई, बल्कि जो कुछ उसने कहा, वह शब्दशः मुझे आज तक याद है। "जाना है तो चले जाओ अर्जुन, पर दिल्ली में तुम अपने बंगले के कैदी होकर ही रह जाओगे। बच्चे आजकल अपनी जिंदगियाँ संभाल लें, यही बहुत है, हमारी किसे पड़ी है? मेरी मानो तो इसी लेन में एक प्रॉपर्टी हाथों-हाथ बिक रही है। ज्यादा नहीं तो बारह से पंद्रह लाख में सौदा तय है। मेरे पास यहीं बस जाओ। बुढ़ापे में साथ देंगे एक-दूसरे का, साथ-साथ सुख-दुख बाँटेंगें।" मैं आश्चर्यचकित था कि उसने इतनी दूर की सोच डाली, पर कृष्णा की मनः स्थिति ने मुझे सहमा रखा था। अब यदि दूसरी दफा कुछ गफलत हुई तो मैं क्या करूँगा?

कृष्णा को मनाना सहज नहीं था, पर मेरी जिद के आगे उसे भी झुकना ही पड़ा। प्रणव हॉस्टल में था ही, उसे हमारे निर्णय से कोई ऐतराज नहीं हुआ और हम उपप्रेती के सहारे देहरादून बस ही गए। दिल्ली से उत्तरांचल का स्थानांनतरण हमें मँहगा नहीं, बल्कि सुविधाजनक ही पड़ा था। घर तुरत-फुरत व्यवस्थित कर डाला उपप्रेती

के पहाड़ी नौकर ने, और उसी ने एक छोकरा हमारे लिए भी जुटा दिया था।

कृष्णा का अधिकांश समय बागवानी में बीतता या मिसेज उपप्रेती के साथ ... और मैं? मुझे तो कर्नल ने वापस पुराने दिनों में खींच लिया था, जहाँ था फौजी बिरादरी के रिटायर्ड मेम्बर्स का साथ, क्लब की फुर्सत भरी शामें, लॉन के ताजे फल-सब्जियों की लज्जत और शिवालिक की ठंडी मस्त बयार। मैं प्रणव को लिखता कि देहरादून उसकी माँ व पिता को कितना रास आया है व कैसे हमें उसका बड़ी शिद्दत से इंतजार है। लीचियों की सौगात भेजता रहता और प्रणव से भी सुनता कि कैसे उस तक पहुँचने से पहले ही पार्सल गायब हो जाता है। कुल मिलाकर हम मियाँ-बीवी हर तरह से सुखी व संतुष्ट थे। पर कहते हैं न कि अपनी नजर खुद को ही लग जाती है। कुछ-कुछ वैसा ही हमारे साथ भी हुआ। प्रणव ... नहीं-नहीं, उसकी आज्ञाकारिता की क्या तारीफ करूँ। कोर्स पूरा होते ही वह हमारे पास देहरादून में ही सेटल होने की कोशिश करने लगा। हमने कहा भी कि दिल्ली उसे ज्यादा सूट करेगा, पर उसने हमें अकेले छोड़ने से साफ मना कर दिया। प्रणव के आते ही हमारे शांत घरौंदे में जैसे बहार आ गई। युवा लड़के-लड़कियों का जमावड़ा हर पल हमारे आशियाने को गुलजार किए रहता। मैं तो खुश था, पर कृष्णा को कुछ ही दिनों में खीझ होने लगी, क्योंकि उसका अनुशासित स्वभाव उसे आवश्यकता से अधिक किसी से घुलने मिलने नहीं देता था। प्रणव की इस बेपरवाह-सी जीवन शैली को देखकर मेरे मन में एक ख्याल आया और मैंने कृष्णा को भी मन की बात कह डाली। "सुनो कृष्णा, तुम्हें नहीं लगता कि तुम्हें अब एक बहू की जरूरत है? " कृष्णा मेरी बात सुनकर फीकी हँसी हँस दी, ''मुझे या तुम्हें? थक गये हो मेरी सेवा करते-करते?"

"अरे नहीं यार," मैं हँस दिया था, ''आजकल बहुएँ पति सेवा के लिए लाई जाती हैं, सास-ससुर के लिए नहीं। वह आकर प्रणव को संभाल ले यही बहुत है।'' कृष्णा की सहमति ले हमने प्रणव से बात

की तो पाया कि अनेक महिला मित्रों के बावजूद शादी के मामले में वह पैरेंट्स पर ही निर्भर है। इस बात की हमें खुशी ही हुई थी, किन्तु शीघ्र ही हमें पता चल गया कि हमने बिन बुलाई आफत मोल ले ली है।

प्रणव की नौकरी बेहद आर्कषक न सही किंतु उसकी कद-काठी और चेहरा अनदेखा करना अंसभव था। हमारे जान-पहचान वाले यह जानकर कि हम बहू की तलाश में हैं, बिन बादल बरसात की तरह टपक पड़े थे, और मैं व कृष्णा असहाय से समझ ही नहीं पा रहे थे कि किसे हाँ करें और किसे न। किसी की लड़की उच्च शिक्षित, गृहकार्य-दक्ष व संगीत-विशारद थी तो कोई केवल इस बूते पर अकड़ता था कि प्रणव को सोने में तोल देगा। मेरी अपनी अपेक्षाएँ न के बराबर थीं, पर कृष्णा का कहना था कि और कुछ हो न हो, पर बहू सुंदर तो होनी ही चाहिए। प्रणव ने सब कुछ हम पर छोड़ दिया था। इसलिए हमारी जिम्मेदारी और बढ़ गयी थी।

सबसे पहले मुझे पंसद आयी मेजर शर्मा की बड़ी बेटी जो लखनऊ से बीएड कर इसी साल लौटी थी। बेहद सुशील व घरेलू किस्म की, किंतु कृष्णा का कहना था कि वह प्रणव के सामने बहुत मैच्योर लगेगी। अब मैं इस मैच्योरिटी को क्या नाम देता समझ नहीं पाया पर जान गया कि मेरी पत्नी मुझे इस समस्या से जल्दी उबरने नहीं देगी। ऐसा नहीं कि उसे कोई न भाया हो, पर उसकी पंसद की हुई चम्पा सिन्हा जैसी चतुर, आकर्षक, स्टेट-लेवल की बाली-वॉल खिलाड़ी को देखकर मेरा ब्लडप्रेशर बढ़ने लगता था। यूँ जान पड़ता था जैसे किसी भी पल वह वॉलीबॉल की भाँति हमें भी उछाल देगी और प्रणव को ले उड़ेगी।

और तभी एक दिन प्रणव 'उसे' लेकर घर आया। 'उसे' यानि इस एपिसोड की प्रधान नायिका को। अब रहस्य बढ़ाने से क्या फायदा? लड़की हर तरह से अच्छी दिख रही थी-प्रणव के कंधों को छूता कद, गेहुँआ रंग, बड़ी-बड़ी आँखें और रेशमी लहराते हुए बाल। देखते ही मेरी और कृष्णा की बांछें खिल उठी। कृष्णा तो शायद उसकी नज़र भी उतार बैठती। वह तो प्रणव ने उसे रोक दिया।

"आप गलत समझ रही हैं मम्मी। रिया इज जस्ट ए फ्रेंड। हम थोड़े दिनों पहले ही मिले थे। असल में इसके पापा भी आर्मी में हैं- पूना पोस्टेड हैं। इसे पढ़ाई पूरी करते ही देहरादून में जॉब मिल गया, पर रहने की समस्या है। मैंने कहा कि हमारे घर के ऊपर का पोर्शन खाली पड़ा है, वहाँ पेंइग गैस्ट की तरह रह लो।"

"आप लोगों की परमिशन हो तो ..." कहकर उसने बात अधूरी छोड़ दी।

मुझे 'हाँ' कहते ज्यादा देर नहीं लगती और कृष्णा को 'ना' कहते। पर इस बार उस लड़की का आर्मी का ठप्पा काम कर गया। आखिर अपनी बिरादरी वालों की मदद तो हमें करनी ही थी। इस तरह रिया दत्त हमारे आशियाने में पेंइग गेस्ट बन कर आ गई। 'पेंइग गैस्ट' मेरे हिसाब से एक अजीब विरोधाभास है, क्योंकि जो 'पे' करे, वह 'गेस्ट' कैसे हुआ और जो गेस्ट नहीं, वह तो घर वाला ही माना जाएगा। रिया ने हमें डिनर की पेमेंट भी की थी, पर महीना बीतते न बीतते कृष्णा ने वह 'क्लाज़' स्वयं ही उड़ा डाला। कारण भी कुछ सहज ही थे। एक तो रिया चूज़े जितना खाती, उससें भी चार दिन नागा रहता। फिर जिस दिन उसका मन होता, जिद करके सारा दिन रसोई में डिनर की तैयारी करती रहती।

अब क्या कहूँ, कढ़ी और पालक पनीर तो वह इतना लजीज बनाती थी कि मैं कृष्णा के हाथ का स्वाद ही भूल गया। और भी कई बातें थीं, जो उसे गेस्ट से गृह सदस्य में तब्दील कर गईं। अब सुबह का अखबार बहादुर नहीं, रिया ही मुझे लाकर देती, और साथ रहता हरी चाय का सेहत से लबलबाता प्याला। ठीक आठ बजे वह नहा-धोकर गेट पर ऑफिस जाने को तैयार खड़ी मिलती और मेरा फौजी हृदय उसकी नियमबद्धता को मन ही मन सराहने लगता। कृष्णा के लिए उसके पास सदा ऑफिस की चटखारों भरी गॉसिप का खजाना रहता, सो छह बजते ही वह उसे नीचे उतरने के लिए आवाजें देना शुरू कर देती। इन सबके बीच उसे प्रणव से मेलजोल का कितना समय मिलता

होगा, आप खुद ही सोच लीजिए। पर इतना बता दूँ कि जब-जब रिया रात का खाना हमारे साथ खाती, कोशिश करके वह भी समय पर डाइनिंग टेबल तक पहुँच ही जाता था।

मेरी अनुभवी आँखें लगातार दोनों का पीछा करतीं, पर कहीं कुछ ऐसा न मिलता, जो शक की डोर को पुख्ता कर सके। माना एकाध बार प्रणव उसे ऑफिस छोड़ने गया और कुछेक बार उसने प्रणव की पंसद की कुछ खास चीजें बनाईं, पर इससे आगे कुछ और नोटिस करने का मेरा धैर्य जाता रहा। कृष्णा अक्सर मुझे उसके पिता से बात करने को उकसाती रहती। जब मैं उसे रिया के पंजाबी होने का हवाला देता तो वह हरियाणा और पंजाब की सम्मिलित संस्कृति की दुहाई देने लगती। मैं जान गया कि वह इस नैया को पार लगाकर ही मानेगी। पर इंसान के चाहने से क्या होता है। ऊपरवाले की तरकीबें इतनी अजीबोगरीब हैं कि हम केवल उन पर आश्चर्य कर सकते हैं, शिकायत नहीं। प्रणव की सहमति की हमने खास आवश्यकता नहीं समझी थी और उसने वैसे भी यह भार हमें ही सौंप रखा था। रिया से उसके पिता का टेलीफोन नंबर तो हमने ले ही रखा था, पर रिश्ते जैसी गंभीर बात एक अजनबी से छेड़ते हुए बेहद झिझक हो रही थी। उस पर अभी हमने अपनी मंशा रिया से भी जाहिर नहीं की थी। कृष्णा बेहद एहतियात से चलने की सोच रही थी, क्योंकि उसे किसी भी कीमत पर यह रिश्ता चाहिए था। अब तो रात-दिन उसकी आँखों में बारात और डोली के सपने डोलते रहते। बात करते-करते कभी वह रिया के बाल सहलाने लगती, तो कभी उसके ठीक से न खाने पर सौ हिदायतें दे डालती।

इसी बीच मेजर मिश्रा की बेटी की शादी का कार्ड आया। हमारे अच्छे परिचित थे, सपरिवार आमंत्रण था। 'परिवार' में अब कृष्णा रिया को भी गिनने लगी थी, सो उसने उसे भी साथ चलने को मना लिया था। मुझे आज भी याद है, कृष्णा की गुलाबी रंग की सिल्क की साड़ी पहने जब वह सीढ़ियों से उतरी तो कोई राजकुमारी ही जान पड़ रही

थी। गले में कृष्णा की ही दी हुई सच्चे मोतियों की माला, कानों में बुंदे और गालों पर स्वस्थ गुलाबी आभा। सादे सिंगार में सजी वह किसी परी से कम नहीं लग रही थी। प्रणव की आँखों में उतरे प्रशंसा के भाव मुझसे छुपे न रहे और मन ही मन मैंने भी फैसला कर ही लिया। 'सुबह होते ही पूना फोन मिलाना है, बस...'

कहना न होगा, शादी में सबकी नजरें उसी पर जमी रहीं। साथ ही लोगों के स्पष्ट इशारे थे कि हमने उसे बहू के रूप में चुन लिया है। हम खुद भी इसी खुमार में डूबते-उतरते घर पहुँचे और ख्वाबों को हकीकत में बदलने का तसव्वुर लिए सो गए।

अगली सुबह, जी हाँ, वही हवा, वही भीगी महक, वही चहचहाहट सुनता हुआ मैं रिया के इंतजार में था कि अचानक कृष्णा हाउसकोट में अस्त-व्यस्त सी प्रकट हुई। उसे इतनी सुबह जगा देखकर मेरा माथा ठनका।

"क्या हुआ, तबीयत तो ठीक है न?" मेरे पूछते ही उसने एक मुड़ा-तुड़ा पर्चा मेरी ओर बढ़ाया और मुझे सिसकियों से दहला दिया। बेहद सुंदर कॉन्वेंटी लिखावट में, अंग्रेजी में लिखा खत था। अनुवाद ही पेश कर रहा हूँ-

'डियर अर्जुन अंकल व आंटी, आपके साथ जो वक्त मैंने गुजारा, वह मुझे हमेशा याद रहेगा। लेकिन आज इस सुहाने सफर का आखिरी पड़ाव है। मैं आपके घर से कुछ नकद व आंटीजी के गहने लेकर जा रही हूँ। कुछ मजबूरियाँ हैं, वरना यहीं रहकर आजीवन आपकी सेवा करती। मैं जानती हूँ आप प्रणव से मेरा विवाह करना चाहते थे, पर यही समझिएगा कि अपनी मुँह दिखाई मैं स्वयं ले गई। कहा-सुना माफ करना।'

नोट- पूना फोन करना व्यर्थ होगा, नंबर ठीक है, पर मेरे पिता नहीं, पुराने लैंडलॉर्ड मिलेंगे, वे नहीं जानते कि मैं कहाँ हूँ।

पढ़ते-पढ़ते मेरी स्वयं यह हालत थी कि कहाँ खड़ा होऊँ, कहाँ बैठूँ, समझना मुश्किल था। कृष्णा का रुदन कब थमा याद नहीं, पर वह इस बार डिप्रेशन में नहीं गई। कारण यही है कि मैंने तुरंत प्रणव की सगाई एक परिचित परिवार में कर डाली और एक परी की तरह सुंदर न सही, पर एक ठीक-ठाक बहू घर ले आया। आज भी जल्दी घर पहुँचना है, मेरे बेटे की पहली मैरिज ऐनीवर्सरी जो है। और हाँ, पेंइगगेस्ट रखने की हमें फिर कभी जरूरत ही नहीं पड़ी। ऊपर का कमरा अब हमारी बहूरानी का जो है।

10

स्वयमेव जयते

जाड़े की कुनकुनी धूप फैलते-फैलते अचला के घुटनों को तपिश देती हुई दीवान के पैताने पर पसर रही थी। कलम चलाते-चलाते अचला कुछ रुक कर धूप-छाँव का खेल देखने लगीं। पौधों के परे जंगले के ऊपर, जहाँ छोटा सा तुलसी का चौरा रखा था, महरी का धोया फर्श अभी गीला था, पानी में मिल कर सूरज के रंग इंद्रधनुषी हो चले थे। अचला का दिल किया सारा कामकाज छोड़ कर वही खेल देखती रहें। आज इतने दिनों बाद उन्हें इस तरह आराम से बैठना नसीब हुआ था। ठीक ही तो है। उन्होंने मन ही मन सोचा,'अपना आराम, अपने काम की तरह इंसान को स्वयं ही निकालना पड़ता है, वरना तो रिश्तों का चक्रव्यूह बेंधते-बेंधते उम्र कब हाथ से निकल गयी पता ही नहीं चला।' आज से पैंतीस बरस पहले वे दिन में बारह बजे ऐसे बैठने का सोच भी सकती थीं भला? "अचला! एक कप चाय भिजवाना," सुबोध बाबू शतरंज की बिसात पर चश्मा गड़ाए चिल्लाते।

"मां......माँ मेरी नीली कमीज कहाँ रखी?" बड़ा बेटा बब्बू आँख के आगे रखी चीज भी नहीं देख पाता था।

"बहू, कितनी बार कहा तुमसे कि मेरे ठाकुर जी को सुबह-सुबह नहला दिया करो, लेकिन तुम हो कि......" क्षीणकाया, क्षीणदृष्टि सास

यह कहाँ देख पातीं कि ठाकुर जी तो धुले-धुलाए आसन पर विराजमान, ताजे पुष्पों और कच्चे दूध का अर्घ्य लिए उनकी अर्चना की बाट जोह रहे हैं।

और इन सबके बीच अचला...... उन्हें लगता जैसे संसार की मधुरतम ध्वनियाँ उनके घर-आँगन में गूंज रही हैं। बेटियाँ छोटी थीं, इसलिए चोटी गूंथने से ले कर गुड्डे-गुड़िया के ब्याह रचाने तक की जिम्मेदारी उनकी माँ की थी। पर अचला के पास सबके लिए समय था। वे उत्तर प्रदेश के एक संपन्न जमींदार परिवार की बेटी थीं। बचपन से यही देखा-जाना था कि "ना गृहम गृहम इत्याह, गृहिणी गृहमित्युच्यते" अर्थात् घर को घर नहीं कहा जाता, गृहिणी ही घर है, यह कहा जाता है। यही उनकी पूँजी थी कि घर का छोटे से छोटा, बड़े से बड़ा जीव उन पर निर्भर रहे। उन्हें अपना आप तभी संपूर्ण जान पड़ता, जब देखतीं कि मायके के बुलावे पर सुबोध बाबू परेशान हो गए हैं और जाने को मना न करने पर भी उनका हृदय उन्हें रोकने को तैयार खड़ा है। बच्चों की पढ़ाई, राशन-पानी की चिंता, तीज-त्यौहार, नाते-रिश्तों का लेन-देन, इन सबसे थोड़ा उबरीं, तो पाया कि प्रौढ़ावस्था दरवाजे पर कभी की दस्तक दे चुकी है। बालों में चाँदी के तार जब मेंहदी की लुभावनी परतों तले न दब सके, तो अचला ने थकहार कर उन्हें यों ही छोड़ दिया। उम्र की ढलती सांझ में इन्हीं तारों की चाँदनी ने उन्हें अकूत गरिमा दे दी थी।

फिर समय ने करवट बदली। सुबोध बाबू ने अचानक वकालत छोड़ राजनीति के दांवपेच आजमाने की ठानी। भाग्य ने साथ दिया और वे अपने क्षेत्र के कॉरपोरेटर बन गए। अचला का घर अपनों के संग-संग दीन-दुनिया के दावेदारों से भी भरा रहता। वे सोचतीं, 'ईश्वर ने पति के साथ उनका ओहदा भी ऊँचा कर दिया।' पति के राजनैतिक पद की महिमा उनके बच्चों के भाग्य निर्माण में भी सहायक बनी। हालाँकि वे स्वयं भी मेधावी थे, किंतु मेधा और पहुँच का अटूट जोड़ उन्हें सब

दिलवा गया, जो स्वयं सुबोध बाबू शायद उन्हें कभी नहीं दिलवा पाते। बेटियों के लिए संभ्रांत उच्च शिक्षित वर, शहर के बेहतरीन हिस्से में मकान और अपने क्षेत्र के महामहिमों में प्रमुख स्थान। अचला को लगता शायद पूर्वजन्म के पुण्य उन्हें ईश्वर इस रूप में नवाज़ रहा है। सुबोध बाबू के साथ जब वे कहीं उद्घाटन समारोह में कैंची से रिबन काटतीं या किसी शिलान्यास को संपूर्ण करतीं, तो उन्हें बेहद संकोच होता। "अतुल की मां, अब तुम थोड़ा अपने आप पर ध्यान दो, पब्लिक फिगर हो गयी हो," सुबोध बाबू गर्वमिश्रित हँसी हँसते, तो अचला एक अबोध तरुणी की भाँति लजा जाती। पब्लिक नहीं, जीवनभर एक प्राइवेट फिगर बनने में ही संलग्न रही थीं वे। कहाँ से लातीं वह नकली चकाचौंध, तड़क-भड़क, जो सुबोध बाबू के राजनैतिक जीवन को एक हाला की भाँति घेरे हुई थी। वे आज भी वही पुरानी 'अतुल की अम्मा' और 'सुबोध की बहू' थीं, जिनके हाथ की सिल पर पिसी पोदीने की चटनी उनका गोवानी खानसामा भी चटखारे ले-ले कर खाता था, जिनके घर की दीवारें उन्हीं की बनायी कलाकृतियों से सुशोभित थीं व क्यारियों के फूल उन्हीं के हाथों महकते थे। पर स्वयं अचला भी जानती थीं कि कुछ मील के पत्थर ऐसे भी होते हैं, जिन पर से गुजर कर वापस लौटना संभव नहीं होता।

बच्चे, पति वे सब जिनके रोम-रोम को सींचने में स्वयं होम होती चली गयी थीं, अब उनकी दुनिया के अतिथि मात्र थे। बच्चों को संकोच होता था अपनी 'ओल्ड फैशंड' अम्मा को अपनी बातें बताते और पति सुबह सात बजे से शुरू हो कर जो ऑफिस में बैठते, तो लंच-डिनर सब वहीं लद-लद कर जाता रहता। वे एक कुशल प्रबंधक की भाँति सब देखती रहतीं कि कहीं कोई त्रुटि न रह जाए, पर त्रुटियाँ गिननेवाला था ही कौन?

एक बार फिर समय ने अचला को थोड़ा सा गुदगुदाया था, जब बच्चों की शादियाँ हुईं। बेटियाँ तो सुबोध बाबू ने जल्दी ही निबटा दीं,

जिससे कि अपने राजनैतिक काल की हल्दी उनके भाग्य पर भी पीतवर्णी सोना बरसाती रहे। हाँ, बड़े बेटे ऋषभ के लिए उन्होंने अवश्य वक्त लगाया, देखभाल कर अपनी कुल-बिरादरी की सबसे श्रेष्ठ कन्या उसके लिए छाँट कर लाए थे। वे स्वयं तो यही मानते थे। अचला ने तो केवल स्वीकृति की मुहर लगायी थी। और हमेशा की तरह अपने को ब्याह के सरंजाम में डुबो दिया था। सुबोध बाबू को मंडप द्वार पर शुभकामनाएं स्वीकारते हुए अपनी गृहलक्ष्मी की महिमा पर गर्व हो रहा था। सच है, पुरुष का भाग्य स्त्री के भाग्य से ही द्विगुणित हो पाता है और बहू के आते ही अचला ने उसे सिर-आँखों पर ले लिया था। किंतु धीरे-धीरे उन्हें लगा जैसे ऋचा उनके लाड़चाव से कुछ खीजी सी रहती है। कहती कुछ नहीं, पर परोक्ष भाव से उन्हें लगता कि शायद उन्हें अपने पर अंकुश लगाना चाहिए। जिस रुनझुन की अपेक्षा उन्हें ऋचा से है, वह शायद उसकी 'प्राइवेसी' भंग किए दे रही है। और उन्होंने फिर अपनी दिनचर्या का रुख मोड़ दिया था।

'समय कहाँ ठहरता है' गाव तकिए को सिर तले सरकाते हुए वे अतीत से वर्तमान में लौट आयीं। अपना ब्याह, फिर बच्चे, फिर बच्चों के बच्चे... नीला और अनुज जुड़वाँ पोती-पोते के जन्म पर तो जैसे बौरा ही गए थे अचला और सुबोध। जश्न और बधाई, नाच-गाना, इस सारी तैयारियों में अचला जल्दबाजी में अपने पैर की हड्डी तुड़वा बैठी थीं और उन्हें बेहद झुंझलाहट हुई थी। मेहमानों से भरा घर, रिश्ते की ताइयाँ, चाचियाँ, इतने बरस बाद कुआँ-पूजन, बहू का सूतक और इधर लाचार वे, पर अपनी परवाह न कर वे दिनभर नौकरों को इधर-उधर नचाती रहतीं।

और फिर छोटे रिताभ ने उन्हें जो बात बतायी, उसने तो उनकी रीढ़ की हड्डी ही हिला डाली थी। अपने साथ मेडिकल कॉलेज में पढ़ रही एक पारसी लड़की पेरीन से वह कोर्ट मैरिज करने जा रहा था। वह सब भी इस डंके पर कि सुबोध बाबू अपनी हठधर्मिता के कारण उसे यह

फैसला लेने पर मजबूर कर रहे हैं। अचला को पहली बार अपने जीवन से शिकायत हुई थी। कहाँ, क्या गलती हुई उनसे, जो संतान के मुख से ऐसे असंयमित बोल उन्हें सुनने पड़ रहे हैं। फिर वे एकदम मूक दर्शक बनी देखती रहीं। रिताभ की जिद, पति का गुस्सा, बड़े बेटे की तटस्थता, उन्हें लगा कि ऐसे रिश्ते का चौपट हो जाना ही अच्छा है। जिस रोज रिताभ ने कोलकाता के लिए अपना सामान बाँधा, उनकी आँखें पहली बार क्रोध में लाल हुई थीं, आर्शीवचन के रूप में केवल यही निकला, "ईश्वर तुम्हें सद्बुद्धि दे।"

इस घटना के बाद उन्हें घर के क्रियाकलाप उतना नहीं लुभा पाते थे। किंतु जीवन की चक्की जिस लगन से इतने बरस पीसी थी, उसे निर्ममता से छोड़ पाना भी तो संभव नहीं था। सुबोध बाबू की सेहत भी अब बेलगाम घोड़े सी बिदकने लगी थी। अचला साए की तरह पथ्य ले कर पीछे-पीछे चलती रहतीं, जैसे वार्धक्य की अंतिम सीमा तक उन्हें जाने ही न देंगी, किंतु यम के दूत उनसे कहीं अधिक चौकन्ने और तत्पर सिद्ध हुए। सुबह की सैर के बाद छाती का एक मामूली सा दर्द कब प्राणघातक बन बैठा, अचला जान ही न पायीं। जब आँख खुली तो देखा कि सारे बंधन त्याग उनका जीवनमित्र मृत्युपथ का पथिक बना पाथेय माँग रहा है। कब नाते-रिश्तेदारों ने सामाजिक कर्म निबटाए, बेटे-बेटियों ने शोक मनाया, उन्हें ढाढ़स बंधाया, अचला का पथराया मर्म जान ही न पाया।

जब चेतना लौटी, तो लगा जैसे उनका रचा-बसा घर कहीं, एक शून्य के अंधकार में विलुप्त होता जा रहा हैं। सभी चिरपरिचित चेहरे जैसे संवेदना का नकाब ओढ़े, उन्हें और उनके संसार को लील जाने को तत्पर हैं। बड़ी कठिनाई से उन्होंने अपने आपको सँभाला और स्वयं को बच्चों के सामने खड़ा किया।

"ऋषभ, अनु, रिताभ ... मैं चाहती हूँ कि तुम्हारे पिता की बैंक में जो संपत्ति है, उसका वाजिब हिस्सा तुम लोग आपस में बाँट लो, एक

छोटी सी रकम को छोड़ कर। आखिर ... अब तुम्हारे पिता के बाद थोड़ा-बहुत आसरा मुझे भी तो ...?"

"ओफ्फो माँ ...," बड़े बेटे ऋषभ ने उसकी बात बीच में ही काट दी थी।

"आप तो यों कह रही हैं, मानो हमें आपकी कोई परवाह ही नहीं। पापा नहीं हैं, तो क्या हम आपको ऐसे ही छोड़ देगें?"

अचला को ऐसे उत्तर की उम्मीद नहीं थी। वे डबडबायी आँखों से उसे तकने लगी।

"हाँ माँ! भैया ठीक ही तो कह रहे हैं," छोटी बेटी अनुभा ने कमान सँभाल ली।

"आखिर हमारी भी कोई जिम्मेदारी है। आप क्यों यहाँ लखनऊ में अकेली पड़े रहना चाहती हैं? भैया दिल्ली में अकेले हैं, ऋचा भाभी ने भी नया-नया बुटीक खोला है, उन्हें भी मदद की जरूरत है, आपका दिल लगा रहेगा।"

"नहीं-नहीं बेटा, अभी तो उनकी चिता की राख भी ठंडी नहीं हुई और मैं लखनऊ छोड़ कर चल दूँ? अभी तो उनकी आत्मा यहीं कहीं भटक रही है बेटा ... मैं उनकी पूजा, उनकी अर्चना, यह घरबार कैसे सूना छोड़ दूँ?''

''लेकिन माँ, हम भी तो अपना घर बार यहाँ शिफ्ट नहीं कर सकते। नौकरी,, बच्चों के स्कूल, यहाँ अब हमारा बसना कैसे हो सकेगा?"

अचला ने अपने उमड़ते आँसुओं को पीछे धकेला और मजबूती से अपना जवाब सुनाया।

"तुम्हारी माँ अपने बचाव के लिए तुम्हें उजड़ने को कभी नहीं कहेगी बेटे। तुम्हें कामकाज से जब थकान हो, यहाँ का रुख कर सकते हो। यह घर बाँहें फैलाए तुम्हें अपने आँचल में समेट लेगा। पर मैं इस चौखट को नहीं छोड़ सकती।" सब चुप्पी साध चुके थे। उस चुप्पी के

भारीपन को झेलना अचला के लिए असहनीय हो गया, तो वे वहाँ से उठ कर पूजा घर में जा बैठीं। पीछे से आती खुसुर-फुसुर उन्हें गली में उठती आवाजों से अलग नहीं लग रही थी। आज उनके ठाकुर जी के साथ सुबोध बाबू की मुस्कुराती तसवीर भी लगी थी।

"कहाँ चले गए आप?" अचला ने अपना सारा दर्द आँसुओं में बहा डाला...।

"चार-चार रत्न मेरी झोली में डाले थे आपने। आज मेरे साथ खड़े होने के लिए किसी के पास समय नहीं। मैं कैसे आपकी यादों का भंडार खाली कर जाऊँ?, मैं......मैं जो खाली, अधूरी, बेसहारा हो जाऊँगी... आप यहीं तो हैं, उन सबको दिखायी क्यों नहीं देते?"

सँध्या दीप जले, 'शांति कुँज' रोशन हो कर जगमग करने लगा, किंतु अचला को लगा जैसे सब अंधकार में विलीन होता जा रहा है। कब उनकी बूढ़ी नौकरानी रामरती उनकी बगल में आ कर बैठी उन्हें पता ही नहीं चला।

"काहे रोवत हो बिटिया?" रामरती की आवाज उन्हें गूँजती सी लग रही थी, "जौन चले गए औका तोहार आँसू वापस न लाइब।"

"मैं क्या करूँ रामरती?" अचला अपने को रोक न पायीं, "सब कुछ हाथ से फिसलता नज़र आता है।"

"कोई न कोई हल जरूर निकलबै करी," रामरती उनका माथा सहलाने लगी। दिनों पर हफ्ते, हफ्तों पर महीने बीतते चले गए। बूढ़ा सा कुम्हलाया 'शांति-कुंज' अचला और रामरती को समेटे सिहरा सा खड़ा रहा। फिर एक दिन कोलकाता से मिले एक तार से शांति भंग हुई। अचला के छोटे बेटे ने अचानक बारह लाख रुपयों की माँग की थी। उसके अनुसार उसका भी जायदाद में वाजिब हिस्सा था। बेटी को मेडिकल करवाने के लिए उसे पैसे चाहिए ही थे। बौरायी सी अचला ने तुरंत बड़े बेटे को बुलावा भेजा, पर ऋषभ ने जो कहा उसकी उन्हें कतई उम्मीद नहीं थी।

"अब अम्मा, देर-सवेर तो ये सवाल उठेंगे ही। पापा को चाहिए था कि समय रहते ही अपनी विल बनवा लेते। हार्ट ट्रबल तो उन्हें कब से थी।"

"लेकिन बेटा, उन्हें क्या पता था ईश्वर यों निर्ममता से......?"

"वही तो कह रहा हूँ मैं," ऋषभ की झल्लाहट साफ नजर आ रही थी, "समझदार वही है, जो हर आपत्ति के लिए तैयार रहे। अब रिताभ ने पैसे माँगे भी, तो क्या गलत किया? आज उसे जरूरत है, कल मुझे भी हो सकती है। बच्चों को आजकल पेट काट कर पढ़ाना पड़ता है। आप क्या जानें अम्मा, आपको तो यह महल सहेजना ज्यादा जरूरी है। आपको लगता है कि हमें कोई ज़रूरत नहीं। सब ऐश में हैं, लेकिन ऐसा है नहीं।"

"तो क्या यह घर बेचने से तुम्हारी ज़रूरतें हल हो जाएंगी?" अचला ने कंपकपाते स्वर में पूछा।

"हल नहीं, तो टल तो जाएंगी ही। आपको क्या? लिख दीजिए रिताभ को, कुछ नहीं हो सकता। अपने आप भुगतेगा।"

अचला को लगा कहीं कोई गलती अवश्य हुई है। नहीं तो आज इतने साल की मेहनत यों व्यर्थ नहीं जा सकती थी। उनके बच्चों की बातें यों अजनबी सी नहीं लग सकती थीं।

सुबह रामरती आयी, तो उन्हें बिस्तर में लेटा पाया। "का हुआ भौजी? काहे आपन मिजाज खराब कर लेई?"

"कुछ नहीं रामरती सब किस्मत का फेर है। मेरी गोद के खेले आज मुझे दुनियादारी सिखाने पर तुले हैं। उन्हें लगता है मैं उनकी जायदाद पर नजर रखे हूँ। मैं कहाँ जाऊँ रामरती?"

"अरे! जाना कहाँ है?" रामरती ने खनकदार आवाज़ में उन्हें झिड़क दिया।

"सच कहूँ भौजी, ई कोख के जाए सब खून-पानी कर लिए रहिन। ओ हमार बचवा हैं, ससुर के नाती, हमार तीन बिग्घे पै आँख गड़ात रही। हम साफ कह दिए, आँख फोड़ के हाथ में दे देइब। हमऊ ऐके बाप से न मांगे ओ जमीन। हमार दहेज में आत रही। दौ बखत की सब्जी-भाजी भी हुई जाई, तो बुरे बखत में हाथ न पसारना परी। ओका पीने-पिलाने पे बारने को हमार तनखा काफी न पड़ रही।"

अचला टुकुर-टुकुर उसे तक रही थीं, "तूने उसका मुकाबला कैसे किया री? वह तो एकदम जंगली हो जाता है।"

"तो हम भी जंगली की माँ हैं भौजी," रामरती ने दाँत निपोरे,"मरती मर जाइब पर जीते जी किसी को अपना आसरा न मिटाने देइब।"

अचला को जैसे बोध ज्ञान हो आया। उनसे अच्छी तो यह अनपढ़-गँवार रामरती ही निकली। सीना ठोंककर अपनी औलाद को जता तो दिया कि उसका हक मारना आसान नहीं और सफेदपोशी के नकाब तले उनसे यह भी न हुआ कि अपने बेटे को झिंझोड़ कर पूछतीं कि पिछले एक साल से उसने माँ की कितनी खोज-खबर ली। क्यों न कहा उससे कि अभी इतनी अशक्त नहीं हुई हैं कि वे उनके निर्देशों पर अपने जीवन की इबारत लिखें। उनका जीवनसाथी उनके हाथ में काफी कुछ सौंप गया है, जो उनके जीवन की ढाल बन सके। किसी ऋषभ या रिताभ से डरने या घबराने की जरूरत नहीं उन्हें। अपने पैरों पर खड़े हो कर स्वयं अपनी जीवननैया खेनी होगी उन्हें।

धूप ढलने को आयी थी। अचला ने देखा, कलम काफी देर से शिथिल पड़ी है। कागजों का पुलिंदा बिखरने को है। उठ कर बैठते हुए उन्होंने फाइल में कागज रखे। आज ही मन पक्का कर रात तक सारी अर्जियाँ जाँच लेंगी। अगले महीने अप्रैल से कक्षाएं हर हाल में शुरू हो जानी चाहिएँ।

"रामरती," उन्होंने आवाज दी, "बाहर की बिजली जलायी कि नहीं?"

"कब्बै भौजी," रामरती रसोई में खटर-पटर कर रही थी,"अब तोहे तो समय का भान ही नाहिं रहत। खाना खा लौ, तौ हम भी निबटैं।"

अचला ने एक नज़र बाहर के बोर्ड पर डाल ही ली। 'शांति प्राथमिक कन्या विद्यालय' हैलोजेन की रोशनी में नहा उठा था।

11

फुलकारी

दुकान की सफेद चाँदनी पर रंग-बिरंगी फुलकारियाँ आपस में गड्ड-मड्ड होकर रंगीन पहाड़-सा बनाए पड़ी थीं। फत्तेसिंह के सधे हाथ नए-नए थान खोलते और सामने बैठे ग्राहकों के आगे तिलिस्म सा बुन डालते। एक नया रंग हवा में लहराया तो सामने बैठी सरदारनी का उबा-सा स्वर गूँजा-

"कोई चटख सा कलर दिखाओ न भराजी- ये सुफियाने रंग तो नज़र में चढ़ते ही नहीं।"

फतेसिंह ने थान लपेटते हुए देखा, सरदारनी का रंग थोड़ा पक्का था। ''अब कौनसे चटख रंग इस बेबे को दिखाऊँ?'' उसने मन ही मन सोचा। ''लाल में तो पंजाब मेल का इंजन लगेगी, और जामनी में भुना हुआ बैंगन। पीला दिखाऊँ तो-'' सोचते-सोचते उसने नारंगी थान खोल डाला। हरे-पीले बूटों की बहार सरदारनी के कंधों से लिपट गई। साँवला चेहरा संतरे-सा खिल गया। ''अब हुई न बात, देखो दार जी," उसने साथ बैठे सरदार को कोहनी से टहूका मारा।

फत्ते ने देखा कि सरदारजी किसी भी पल वहाँ से उठ लेंगे। उसने तुरंत सरदारनी की कमजोर नस पकड़ ली- "यह रंग तो लेटैस्ट है जी... लास्ट पीस बचा है। अब इसे छोड़ेंगे तो दूसरा नहीं मिलेगा।"

"बस तो फिर, इसे ही पैक करवा दो भराजी।" सरदारनी पूरी बागोबाग थी।

"अरे, पैक क्या करवाना, आप ओढ़ के जाओ," फत्ते ने भी कच्ची गोलियाँ नहीं खेली थीं। उसने झटपट सरदारनी का पुराना दुपट्टा पौलीथीन में लपेटा और कैश काउंटर की तरफ उछाल दिया। सरदारनी खिली-खिली सी उठ खड़ी हुई। उसके उठते ही जैसे फत्ते के मुँह से आह-सी निकली। वह समझ नहीं पाया, कि यह तसल्ली की साँस थी या किसी अनबुझी लालसा की प्यास। उसकी आँखों के आगे अचानक गुलाबो का चेहरा आ गया। गुलाबो, उसकी वौटी... उसकी बीवी... जिसके तन पर फुलकारी की जगह सस्ती टैरीवॉयल की ओढ़नी ऐसे टिकी रहती जैसे मीनार के कंधों पर बादल। रंगों में घिरा रहने वाला फत्ते जब घर पहुँचता तो उसकी आँखों पर बस एक ही रंग की बदली छा जाती। गोरी, गुलाबी, गुलाबो-जिसकी ओढ़नियों के रंग उसके चेहरे की चमक के आगे फिटे-फिटे से लगते। ''अगर गुलाबो ये संतरी फुलकारी ओढ़े तो ... वो पानी में जलती हरमंदिर साहिब के दीवों की लौ लगेगी ...'' उसे सोच कर भी झुरझुरी उठ आई। अगर ये पीली फुलकारी उसके मत्थे पर ढकूँ ... तो सरसों का फूल बन जाएगी...'' फत्ते हाथ में दुपट्टा लिए-लिए मुस्कुरा उठा।

"अबे ओ ..." साथ वाले सेल्समैन रौनक सिंह ने उसे छेड़ा, "अब मुस्किया के किसे रिझा रहा है? चली गई सरदारनी।"

फत्ते का जी हुआ, दुपट्टा रौनक के गले में लपेट फांसी लगा दे। एक तो वैसे ही सारा दिन आँख की अंधी, गाँठ की पूरी ''कस्टमरें'' जान खाए रहती थीं। ऊपर से जरा सुस्ता लो तो बंता सिंह जी आवाज मार देते या फिर उनके मुँह लगे नौकर के मत्थे पर बल पड़ने लगते। अच्छी भली बाप की चालीस किल्ले ज़मीन थी। वह अब गाँव में होता तो ट्रैक्टर का लोन भी पास करा लिया होता। सौतेले भाई ने तो ज़मीन का भी तिया-पाँचा कर डाला होगा। पर क्या करता फत्ते? सारा दिन गधे

की तरह मेहनत और सौतेली माँ के ताने। फिर जब से बाउजी पर फ़ालिज गिरा था वह समझती थी कि घर-ज़मीन की मुख्तार वही है। भरे जाड़ों में भी मुँह अंधेरे ही खेतों में पानी लगाने के लिए वह फत्ते को उठा देती। फटे कंबल की बुक्कल मार वह निरीह पशु सा चल देता। लौटने पर मिलता बासी रोटी और खट्टी लस्सी का नाश्ता।

फत्ते को आज भी याद है, एक बार उसने रोटी पानी से निगल, खट्टी लस्सी से बाल धो लिए थे। अगले दस दिन लस्सी का पानी भी नसीब नहीं हुआ था। ढोरों की सेवा तो वह करता, और दोनों छोटे भाई दूध की धारें अपने मुँह पर छिड़क उसे चिढ़ाते। उस दम फत्ते को लगता, अनाथ होने से बड़ी गाली और कोई नहीं है। पता नहीं वह कैसे उन दिनों से पार पा सका। जब सब बर्दाश्त के बाहर हो जाता, वह चुपके से गुरुद्वारे की सेवा को निकल जाता। लंगर जीम कर वहीं अहाते में नीम तले सो जाता। सपने में माँ आती, कहती ''मेरा फतह सिंह, उठ खड़ा हो, तूने तो दुनिया फतह करनी है। सरदार बच्चा होके डरता है,' और फत्ते की नींद खुल जाती।

पर उठने पर वही घर, वही ताने, वही अधपेट खाना। फिर पता नहीं वाहेगुरु को क्या सूझी कि उसकी माँ के भेजे में उसके ब्याह का फितूर डाल दिया। फत्ते सुनता तो घबरा जाता। अब एक और जनानी को बर्दाश्त करना उसके बूते के बाहर था। उसकी नज़र में सारी औरतें उसकी सौतेली माँ जितनी लड़ाका और ज़ालिम थीं। जो अच्छी हो सकती थी, यानि उसकी अपनी माँ, वह मर गई। अब कुछ अच्छा हो ही नहीं सकता था। पर इससे उसकी सौतेली माँ को कोई फर्क नहीं पड़ता था। घर के चार-पाँच मर्दों के लिए जिनमें फत्ते का अपाहिज बाप भी था, रोटियाँ थापना उसे चुभने लगा था। फत्ते की वौटी आये तो चूल्हा फूंके, और वह गाँव भर की सुध ले। सौदा अच्छा था। बगल के गाँव के नंबरदार की अनाथ भानजी थी। नंबरदारनी को भी गुलाब कौर दिन-दिन भारी हो रही थी। फत्ते की माँ को वह किसी सत्संग में मिली,

तो बहनों सा प्यार हो गया। बस एक करनी वाहेगुरु की, कि गुलाब कौर ऐन रिश्ते के वक्त नज़ले-बुखार में जकड़ी गई। प्रीतो (फत्ते की माँ) उसे देखने गई, तो बिस्तर पर पड़ा कंबल का पहाड़ ही देख पाई। आँख-मुँह पर काले शॉल का लपेटा पड़ा था। बस लाल-लाल नाक देखकर रिश्ता तय हो गया। "मुझे कौनसा नुमाइश में रखनी है" प्रीतो ने मन ही मन सोचा, "घर में जुतेगी तो सब सोहणा हो जाएगा।" बेचारी प्रीतो को सपने में भी गुमान न था कि लाल नाक वाली वाकई नुमाइश में रखने लायक है। नंबरदारनी ने अपने सिर की बला यों उसके सिर लादी है, वह समझ ही न पाई।

फत्ते के आँगन जब गुलाब कौर की डोली उतरी तो वह जाड़ों की एक ठिठुरती सी भोर थी। चार बजे घुप्प अंधेरा छाया था। गुलाब कौर लाल शनील के सूट में लिपटी कलीरे छनकाती जब वेड़े में दाखिल हुई तो गाँव की बहनें-भरजाइयाँ उसे घेर कर खड़ी हो गईं। फत्ते का बस चलता तो गठजोड़ा तोड़ कहीं कोठरी में जा छुपता, पर औरतों पर उसका बस शुरू से ही न चला था, सो अब कैसे चलता। जैसे-तैसे रीतें पूरी हुई, और फत्ते ने गुलाब का घूँघट पलटा। "हाय माँ मेरिये," उसके मुँह से आह-सी निकली। कहीं न कहीं एक दबी सी आस उसके मन में थी कि प्रीतो किसी बढ़िया लड़की को तो उसके पल्ले बाँधने से रही, तो जो भी टेढ़ा-बींगा बर्तन उसे मिलेगा, वह पीट-पाट कर अपने हिसाब का बना लेगा। पर ये तो ... इस गुलाब की गठरी को वह कहाँ खोले, कहाँ समेटे? उसने झक्क से घूँघट वापस ढाँप दिया। गुलाब कौर को लगा, शायद सरदार को नींद चढ़ी है, सो उसने बिल्कुल भी बुरा नहीं माना। उल्टे चट से तकिया टिका अपने ऊपर भी रजाई खींच ली। बस्स ... फत्ते समझ गया कि इक नासमझ जनानी उसके गले आ पड़ी है, पर अब कुछ नहीं हो सकता था।

"अरे ओ वौटी वाले ... तेरी गुलाबो की नींद पूरी नहीं हुई क्या? अब रोटी-शोटी भी क्या मंजी पर परोसनी पड़ेगी?" फत्ते को उठते ही

प्रीतो की खुरदुरी आवाज से दो-चार होना पड़ा। घबरा कर उसने जल्दी-जल्दी गुलाबो को जगाया।

"आय-हाय! मेरा सिर ..." गुलाबो ने ज़ोर की चीख मारी। फत्ते डर के मारे परे हो गया। "देखो, देखो तो ... कितनी पीड़ हो रही है।" फत्ते ने झुक कर देखना चाहा तो उसने चुन्नी हटाकर सिर को हल्का सा झटका दिया। पल भर में रात-भर का बंधा जूड़ा तकिये के 'गुड-नाइट' पर बिखर गया। फत्ते को तो गुंग हो गई। उसने दबाने के लिए हाथ उठाया, तो गुलाबो आहें भरती वापिस लेट गई। उधर प्रीतो ने सोचा, नई बहू को खुद ही जगा दे, पर कमरे में झाँका तो सन्न रह गई। शहज़ादियों सी पसरी गुलाब कौर और पूरे जी-जान से सिर में तेल झसता फत्ते। प्रीतो को लगा, जैसे उसके किले पर गज़नी की फौजों ने रातोंरात चढ़ाई कर दी हो। वह कुछ बोल पाती, इससे पहले ही गुलाबो की दो-तीन दर्दनाक चीखों ने कमरे की चूलें हिला डाली थी।

फिर तो यह रोज़ का शगल हो गया। गुलाबो रोज सुबह नहा धोकर सज-संवर कर चूल्हे के पास बैठती, पर घंटा बीतते न बीतते उसकी नाक-मुँह सब तप कर लाल अंगारा हो जाते। ज़्यादा ध्यान भी न देती प्रीतो, पर सिरदर्द से ज्यादा बहू को चक्कर ख़ाकर गिरने का मर्ज था। कभी भी कहीं भी, कुँए पर, हैंडपंप पर, झाड़ू देते हुए, दीवारें लीपते हुए, वह कभी भी बेहोश हो जाती। ऐसा बवाल मचता कि प्रीतो खुद ही पछताती, कि उसने बेकार ही अपना काम बढ़ाया। पहले तो फत्ते और उसके भाई हारी-बीमारी में चूल्हा-चौका भी संभाल लेते थे, पर बहू के आने के बाद उसी की तीमारदारी में जुटे रहते। एक बार राजी-खुशी पूछने को नंबरदारनी का फोन आया, तो प्रीतो ने उसे वो खरी-खोटी सुनाई कि दूसरी बार फोन तो फोन, दुआ-सलाम का रास्ता भी बंद हो गया।

हाँ, एक काम अच्छा करती थी गुलाबो। जब कभी जी अच्छा होता तो रेडियो पर गाने चलाकर क्रोशिया बुनने बैठ जाती। रंग बिरंगे

थालपोश, सफेद झालरदार ट्रंकों के कवर, लेस लगे रुमाल ... प्रीतो के घर में थोड़ी बहुत घर जैसी खुशबू आने लगी थी। पर पुरानी आदतों का क्या हो। जब तक उसे हारे में चढ़ी दाल की खुशबू न आती, वह पगलाई सी गुलाबो के कमरे के आस-पास डोलती रहती। पर वह गुलाब कौर ही क्या जो ज़रा-सा भी डोल जाए। क्रोशिया बुनते-बुनते वह पलंग पर ही लुढ़क जाती और रेडियो चलता रहता। अब प्रीतो जाने और उसका काम।

अब इस सारे झमेले में जान फँसी थी फत्तेसिंह की। सुबह-शाम खेतों में खटने के अलावा अब उसकी फेरहिस्त में एक और काम जुड़ गया था-प्रीतो और गुलाबो की खींचातानी में गूंगे खलीफा की भूमिका निभाना। हाँ, दोनों की शिकायतों में एक फर्क जरूर था। प्रीतो की बोली गिद्धे के टप्पों की तरह घूमफिर कर एक ही "बल्ले-बल्ले" की तर्ज दोहराए जाती। "यह बहू एक नंबर की नौटंकी-बाज़ है। चक्कर खाने को इसे मेरा ही घर मिला था? तू इसे छोड़, मैं तेरा दूजा ब्याह रचाऊँगी।" फत्ते बेचारा सोचता, एक ब्याह ने ही उसे ऐसी कला-बाजियाँ खिलवाई थीं, कि दूसरा करने की सोचकर ही जूड़ी चढ़ने लगती थी उस पर गुलाब कौर की शिकायत-भरी अदाएँ ... लाल नाक को हल्का-सा सुड़क कर वह थाली परोसती, तो फत्ते को समझ नहीं आता, कि नाथ सुड़की जा रही है या सुबकी रोकी जा रही है। वह देखने को हल्का सा झुकता तो तैश में आकर वह घूंघट और नीचे सरका लेती। फत्ते के गले में कौर अटक जाता, और गुलाबो पानी के गिलास को छन्न से उसकी धोती के पास पटक जाती।

इसी घरेलू उठापटक में करीबन एक साल निकल गया। प्रीतो को लगा, फत्ते ऐसे तो सुनने वाला नहीं, सो उसने दूजी तान छेड़ी- "इस बांझ को गले में लटका कर क्या मिलेगा तुझे? अभी भी टैम है, मेरी होशियारपुर वाली भैनजी ने बड़ा अच्छा रिश्ता बताया है। इसे वापिस छोड़ आ, फिर आगे की सोचेंगे।"

फत्ते ने सोचना क्या था, वह चुपचाप खाली-खूली दीवारों को घूरता रहता। कभी-कभी लगता, गुलाबो की लड़ उसके हाथ देकर वाहेगुरु ने उस गरीब के साथ भी नाइंसाफी की है, पर फिर लगता, कि उसके भोले चेहरे में भी रब की मेहर झलकती है, जो खेतों से लौटते वक्त उसकी साइकिल को जैसे पर लगा देती। उसके चेहरे की एक झलक देखकर वह अपने सारे गम भूल जाता। शायद आगे भी भूला ही रहता अगर वक्त की एक ज़ालिम करवट उसे कुछ सोचने पर मजबूर न करती। बगल के खेतवालों से अक्सर पानी को लेकर झगड़े होते ही रहते थे। फत्ते की नरम तबीयत की आड़ में उसके सौतेले भाई अक्सर नहर का रुख अपनी ओर मोड़ लेते, और झगड़ा फत्ते के सिर पड़ता। पर इस बार पड़ोसियों से बर्दाश्त न हुआ । उन्होंने खुल्लमखुल्ला लड़ने की बजाए फत्ते के खेतों की खड़ी फसल पर जानवर छोड़ दिए। रबी की फसल कटने को तैयार खड़ी थी। सुबह सबने खेतों की दुगर्ति देखी तो पैरों तले की जमीन खिसक गई। प्रीतो ने चिल्लाना शुरु किया तो भाई लोग भी साथ हो लिए-

"यह सारा भाप्पे की नरमाई का नतीजा है बेबे। जब देखो बगलवालों से गले मिलता रहता है। हम पानी काटने को कहते हैं तो इसे सरपंच बनने का भूत सवार हो जाता है- मिट्टी-पानी पर सबका हक है। हक है तो ला के दे वापिस हमारी फसल।"

"हमारी फसल-" फत्ते के मुँह पर चाँटा सा पड़ा। तो फिर उसका क्या है? क्या सोचकर वह अब तक खेती में दिन रात एक किए रहा? बापू के गुज़रने के बाद उसे लगता था कि अपनी मेहनत से वह इस घर की दीवारें महलों के बराबर चिन देगा, पर अब उसे लगा जैसे वह जमीन में कहीं गहरे धँसता जा रहा है। उसने दो दिन बड़ी गहरी सोच में काटे। न कुछ ढंग से खाया, न पिया। फिर दूसरी रात देखा, गुलाबो पलंग पर पड़ी सिसक रही है। "क्या हुआ अब तुझे? "फत्ते को खीझ सी हुई।

आशा के विपरीत, गुलाबो चट से उठ बैठी, और उसका हाथ पकड़कर बोली–

"सुनोजी, आप दूसरा ब्याह मत करो। मुझे वापिस मत भेजो। मामी मुझे जिंदा मार डालेगी। मुझे अपनी सौं, मैं बेबे की इत्ती सेवा करूँगी कि उसे नयी बहू की याद भी नहीं आएगी।"

फत्ते को जैसे साँप सूंघ गया। उसने दो पल गुलाबो को घूरा, फिर बोला–

"आधे घंटे में समान बाँध और बेड़े में ले आ। एक मिनट भी और देर की तो मैं अकेला ही चला जाऊँगा।"

गुलाबो को समझ आई या नहीं, कहा नहीं जा सकता, पर वह पुतली की तरह उठी, और पंद्रह मिनट बाद ही अपने दहेज का ट्रंक और बिस्तरबंद लिए बेड़े में हाजिर हो गई। फत्ते ने आखिरी बार अपने पुरखों के बनाए मकान को देखा, और अपने आँसुओं से बेड़े की मिट्टी गीली कर दी।

उसके बाद का इतिहास वही है, जो आपने पहले पेज पर पढ़ा। फत्ते बंता सिंह की दुकान पर दुपट्टे और रूमालें बेचने लगा, और हर महीने तीन हजार गुलाबो की गोरी हथेली पर धर देता। गुलाबो उसे माथे से लगाती, तो फत्ते का जी कसक उठता। कभी वह तीस हजार की गड्डी प्रीतो की झोली में बड़ी श्रद्धा से डालता था जो पूरी की पूरी वह कहाँ समेट देती, वह न जान पाता, न पूछ पाता। इधर तीन हजार में गुलाबो गृहस्थी की गाड़ी कैसे खींच रही थी, उसे यह भी नहीं पता था। हाँ, अब न तो वह पल-पल बेहोश होती, और न ही उसे सिर में पहले जैसी दर्दनाक पीड़ उठती। किसी मकड़ी की तरह वह अपनी गृहस्थी का जाला तन-मन से बुनती रहती। किराए पर ली एक कमरे की कोठरी को उसने रंगों का राजमहल बना डाला था। वहीं एक कोने में सजाई छोटी सी रसोई को ऐसा झकाझक रखती कि देखने वाला थाली के आइने में अपनी सूरत सँवार ले। फत्ते ने जिंदगी में पहली बार तवे से

उतरी रोटी का स्वाद चखा था। एक फुल्के में ही वह ऐसा रज जाता कि गुलाबो के अचार और चटनी मुँह-सा लिए रह जाते। उसी थाली में खा, वह अपने हाथ का बुना खेस मंजे पर बिछा देती, और खुद नीचे दरी पर लेट जाती। फत्ते को नींद तो क्या आती, सारी रात वह गुलाबो के बदन पर कंबल डालता रहता।

शायद दोनों के बाकी दिन भी इसी तरह कट जाते, पर वाहेगुरु की करनी कौन जाने? बंता सिंह जी को अचानक लगा, दुकान पर काम कम और नौकर ज्यादा हैं, सो उन्होंने पहली फुर्सत में फत्ते का हिसाब कर डाला। मरा-मरा सा मुँह लिए वह घर लौटा तो पूरे घर में उबले हुए साग की महक भरी थी। गुलाबों ने सधे हाथों से मक्की की रोटी परसी तो फत्ते से खाई न गई। गुलाबो ने बिना कहे ही समझ लिया, सरदार के जी में कुछ और ही अटका है, सो खाना गले से न उतरेगा।

''क्या हुआ जी?''

''अब तो रूखी रोटी भी नसीब नहीं होगी गुलाबो, बंता सिंह जी ने मेरा हिसाब कर दिया।''

गुलाबो पल भर को तो चौंकी, पर फिर अचानक ही अपने पुराने लहजे में लौट आई।

''एक नौकरी गई, तो दूजी ढूँढ़ लेना। अपनी कौनसा फसल मारी गई जो खाना-पीना छोड़ दें'' कहने को तो वह कह गई, पर ''फसल'' का नाम सुनते ही फत्ते की आँखों में उसने पनियाला तूफान देखा तो सहम गई। किसान की बीवी थी, और आज वह किसान दर-बदर ठोकरें खाने को मजबूर था। उसने झट फत्ते की थाली सरकाई और पास आकर उसके हाथ पकड़ लिए।

''आप चिंता न करो जी। बाबाजी एक दरवाजा बंद करते हैं तो दस खोलते भी हैं। आप और मैं, कुल मिलाकर चार हाथ हैं। भूखे तो न मरेंगे, और भले ही जो भी हो जाए।''

फत्ते ने सुनने भर को सुना और वापिस लेट गया। गुलाबो समझ गई, यह कुछ न कर पाने की टूटफूट है। इसे दोबारा जुड़ने में समय लगेगा। रात भर उसका दिमाग चक्कर खाता रहा। सुबह फत्ते उठा, तो सुबह की चाय के साथ गुलाबो भी हाजिर थी।

''हाथ आगे लाओ जी।''

''क्यों भला?''

''अब लाओ भी।''

फत्ते ने तो 'सरेंडर' करना ही था। दो सोने की बालियाँ टप्प से हाथ में गिरी।

''यह क्या है?''

''नजर कम आने लगा?''

''देख गुलाबो सुबह-सुबह मेरा दिमाग खराब न कर।''

''दिमाग तो चलाना पड़ता ही है जी, तभी ज़िंदगी की गाड़ी आगे चलती है। यह सोना बेचकर, हर किस्म की फुलकारी खरीद लाओ। मैं क्रोशिए की लेसें लगाकर ऐसा सजा दूँगी कि हाथों हाथ बिकेंगी। फिर चाहे दुकानों पर सप्लाई करना चाहे खुद बेचना। दो टाइम की रोटी कहीं नहीं गई।''

फत्ते उसका मुँह देखता रह गया। यह वही गुलाबो है, जिसकी चीखों से डर कर प्रीतो उसे भगाने की जुगत लड़ा रही थी, क्या यह वही गुलाबो है जिसे वह मन ही मन एक न टलने वाली बला समझ बैठा था, और सोच रहा था कि अब बची जिंदगी, डाक्टरों-हकीमों के चक्कर काटते बीतेगी। बालियाँ जेब में डालकर जब वह घर से निकला तो उसने एक दफा पीछे मुड़कर देखा। ड्योढ़ी में खड़ी गुलाबो उसी की ओर ताक रही थी। फुलकारी के फूल खिलने ही वाले थे। बहार की मर्ज़ी, चाहे आए, चाहे न। जिस गुलाबो के माथे पर वह एक फुलकारी

तक न सजा सका था, वह अपनी और उसकी जिंदगी का एक अलग ही कसीदा काढ़ने को बेताब थी।

इसके आगे क्या हुआ, क्या नहीं, कागज़ और कलम से उसकी मियाद नहीं नापी जा सकती। न गुलाबो ने दिन देखा, न फत्ते ने रात। आस-पास वाले बस इतना जानते थे कि एक साँवला सरदार और उसकी गोरी-चिट्टी सरदारनी दुपट्टों में घिरे जोड़-तोड़ करते रहते हैं। उसके आगे क्या हुआ, उन्हें भी नहीं पता। क्योंकि फत्ते को जल्दी ही वह कोठरी छोड़नी पड़ गई और आज "गुलाब फुलकारी कार्नर" के गल्ले पर जो ठसकेदार सरदारजी बैठते हैं, उनका पूरा नाम उनके नौकरों को भी पता नहीं। वे बस इतना जानते हैं कि 'दारजी' अगर किसी की सुनते हैं तो बस 'दारनी जी' की। अलबत्ता वो दुकान पर कम ही आती हैं। दारजी कहते हैं कि गुलाब घर की चिलमन में ही महकें तो अच्छा है। दुकान सजाने को रंग-बिरंगी फुलकारियाँ जो हैं।

12

मुहिम

यामिनी के हाथ में था एक चमकता हुआ प्रशस्तिपत्र और उसकी मेज़ पर एक खूबसूरत लिफाफे में पचास हज़ार का चेक। उसकी नज़र पत्र के सुनहरे अक्षरों पर दोबारा पड़ी-

''सुश्री यामिनी चतुर्वेदी को, उनकी निष्पक्ष, प्रखर व साहसिक पत्रकारिता के लिए, जिसने आधुनिक स्त्री-विमर्श व विचारधारा में नये आयाम जोड़े... बधाई सहित।''

खुशी की एक लहर आई और गई। शब्दों की कौंध दामिनी को गुदगुदा गई- 'निष्पक्ष', 'प्रखर', 'साहसिक'- वे सारे विशेषण, जिनके लिए एक पत्रकार ताउम्र संघर्ष करता है, और जिन्हें पाकर फूला नही समाता। यामिनी भी बेहद खुश थी, पर एक अजीब एहसास मन को कचोट रहा था। ''क्या वाकई मैंने यह सब खुद, अपने दम पर किया है?'' उसने सोचा तो उभर आई बारह साल पहले की यामिनी। कॉलिज से निकली नई, अनगढ़, पर कुछ कर जाने की चाह से उमड़ती हुई। 'मानवी' के दफ्तर में उसका पहला दिन था। स्त्रियों की यह पत्रिका बाकी पत्रों से कुछ अलग थी। कारण था पत्रिका की संचालिका मनोरमा अवस्थी का दमदार व्यक्तित्व, व नई सोच, जो स्त्री को हर उस बंधन से मुक्त करने को तत्पर थे जो सामाजिक रूढ़ियों ने उसके गले में बांध रखे थे। पत्रिका में सिर्फ कहानी या कविता के लिए ही स्थान नहीं था। हर ऐसा विषय या हर ऐसी बात जो स्त्री-जीवन का कोई-न-कोई पहलू

उजागर करे, यहाँ स्वागतयोग्य मानी जाती थी। यामिनी को जब बतौर असिस्टेंट रिपोर्टर 'मानवी' में काम का मौका मिला तो उसे लगा जैसे कोई जीता-जागता सपना सच हो गया हो। कॉलेज में जीती गई हर डिबेट, हर ट्रॉफी, हर पुरस्कार के केन्द्र में यही तो रहा है अब तक- स्त्रियों या लड़कियों पर हावी होता आधुनिक समाज-जिसे यामिनी हर रूप में ललकारना चाहती थी। वैसे उसका अपना जीवन इस संघर्ष का एक सुंदर अपवाद था। माता-पिता की एकलौती संतान, जिसका हर सपना, हर इच्छा जन्म लेते ही पूरी हो जाती। अच्छी शिक्षा, अच्छा वातावरण, प्यार, प्रोत्साहन-सब ही से जिंदगी का जाम लबालब था। पढ़-लिख कर एक अच्छी नौकरी पाना, अपने पैरों पर खुद खड़े होना-ये सब केवल दिल बहलाने के सपने नहीं, एक सफल जिंदगी जीने की अनिवार्य शर्तें थीं।

'मानवी' के दफ्तर में पहला कदम रखते ही यामिनी को लगा, अपने सालों से बुने जा रहे सपने पूरे करने का वक्त आ गया। उसे अचानक याद आई, पहले दिन मनोरमा जी से हुई पहली मुलाकात।

''हैलो। आओ भई, 'मानवी' में तुम्हारा स्वागत है।''

''शुक्रिया मैम, मुझे भी 'मानवी' ज्वाइन करने की बेहद खुशी है।''

''मुझे मनोरमा दी कहोगी तो ज्यादा खुशी होगी। वैसे तो आजकल हिंदी और अंग्रेजी के घालमेल का ही चलन है, पर इससे बच पाओगी तो भाषा पर अच्छी पकड़ हो जाएगी।''

यामिनी को लगा जैसे प्यार से कान पकड़कर किसी ने कुछ धीरे से कहा हो, पर बुरा लगने के बजाए उसे अच्छा लगा। चलो, पहला इंप्रेशन कुछ ऐसा बुरा भी नहीं।

आने वाले दिनों में यामिनी ने मनोरमा जी ही नहीं, दफ्तर के हर इंसान से एक प्यारा सा रिश्ता जोड़ लिया था। अनुभवी पत्रकारों के हुजूम में वह नई तो थी, पर उसकी उम्र की ताज़गी और काम करने की स्फूर्ति ही उसकी अनोखी पहचान बन गई। आस-पास बिखरे

स्त्री-जीवन के दुरूह आयामों में से झकझोरने वाले मुद्दे समेटना हो या केवल आइना दिखाने वाली कहानियाँ रचना, यामिनी को 'मानवी' में हर 'टास्क' मनभावन चुनौती जैसा प्रतीत होता था। असिस्टेंट रिपोर्टर के साथ-साथ वह एक सफल फीचर राइटर भी बनती जा रही थी। मनोरमा 'दी' से मिली हर प्रशंसनीय मुस्कान वह अपने भीतर संजो लेती..... ''कितना चुंबकीय व्यक्तित्व है इनका, कितना प्रभावशाली," वह कभी-कभी सोचती। क्या कभी मैं इनकी तरह अपनी या कोई और पत्रिका अपने दम पर चला पाऊँगी?'' सोचमात्र से ही उसे रोमांच हो आता, और दुगुने उत्साह से वह स्वयं को काम में डुबो देती।

फिर अचानक प्रकट हुआ, धूमकेतु सा वह दिन। एक प्रसिद्ध न्यूज़ चैनल की वरिष्ठ क्राइम रिपोर्टर निव्या रामन की गोली मारकर दिन दहाड़े हत्या व लाश को छुपाने की कोशिश। राजधानी के हर मीडिया क्षेत्र में तहलका मचा हुआ था। एक ही खबर, दसियों तरह से पेश हो रही थी। कोई नव्या की खून से लथपथ पड़ी लाश का बखान करता, कोई पुलिस की नाकामी पर झुंझलाता, कोई वर्तमान शासन की सुरक्षा व्यवस्था पर उंगली उठाता..... हर तरफ मानो एक होड़ लगी थी, पर एक अजीब सी होड़.... यह जानने की नहीं कि नव्या के साथ यह क्यों हुआ और इंसाफ कैसे हो, बल्कि यह साबित करने कि जो हम दिखा रहे हैं, और कह रहे हैं, वही सच है। उसके आगे दर्शक को कुछ सोचने व समझने की ज़रूरत नहीं, और है भी, तो हम उसी चैनल पर शाम का प्रोगाम देखें। उसमें 'स्पष्ट' हो जाएगा कि निव्या की हत्या क्यों, कहाँ व कैसे हुई।

यामिनी भी 'मानवी' के दफ्तर में इस सारी हलचल से घिरी हुई थी। उसके अपने मन-मस्तिष्क में बवंडर सा उठ रहा था। ऐसे कैसे किसी ने कानून को हाथ में लेने की सोची-निव्या की जगह कोई भी हो सकता था- स्वयं वह भी? सोचते ही उसके रोंगटे खड़े हो गए- क्या भविष्य है उस जैसी पत्रकारों का? सच बोलें तो सबसे दुश्मनी, नहीं

बोलें तो अंतरात्मा का उत्पीड़न। सोचते-सोचते उसने मनोरमा जी को फोन मिला डाला।

"मैम, हमें इस सब पर 'मानवी' में अपनी राय रखनी ही होगी.. .." उसके स्वर के कंपन में उसकी उत्तेजना झलक रही थी।

"हाँ यामिनी", मनोरमा जी का स्वर थका हुआ सा प्रतीत हुआ।

"तुम घर आ जाओ, यहीं बातचीत कर लेंगे।"

यामिनी को लगा कि उसे मनोरमा जी से मिलकर कुछ सोचना चाहिए।

उसी दोपहर, वह 'मिश्रा निवास' की घंटी बजा रही थी। एक बच्चे ने दरवाजा खोला, तो उसने अंदर झांका।

"मनोरमा जी हैं?"

"मम्मी...." बच्चा चिल्लाया व गायब हो गया।

"मनोरमा ... मनोरमा.....!!!" एक तेज़ चीखता सा स्वर गूँजा तो यामिनी हड़बड़ा गई। फिर जो दृश्य सामने उपस्थित हुआ, उसकी तो उसने कभी कल्पना भी न की थी।

"कितनी बार कहा कि मेरी किताब मुझे वहीं रखी मिले, जहाँ छोड़ी थी, पर तुम समझो तब न...."

अस्त-व्यस्त, मुड़ी-तुड़ी सलवार-कमीज़ में मनोरमा जी प्रकट हुईं।

"जी... मैं अभी ढूँढ़ देती हूँ, आप परेशान न हों...."

"परेशानियों के अलावा दिया क्या है तुमने मुझे? मर कर ही मुक्ति मिलेगी तुमसे...." मनोरमा जी की हालत यूँ थी, कि न यामिनी को बिठाते बनता न उठाते। उनके पतिदेव ने ही एक उचाट सी नज़र उस पर डाली और भीतर चल दिए, तो लगा सबकी सांस में सांस आई।

"मैम, कोई बात नहीं, मै फिर कभी आ जाऊँगी।" यामिनी ने उन्हें अपदस्थ देख उबारना चाहा।

"नहीं यामिनी, मैं तुम्हें अभी बताती हूँ सब.... ऐसा है कि...."

बात पूरी भी न हुई थी कि ''सन्न...'' से कुछ टूटने की आवाज़ आई।

''माँ....माँ... दादी ने फिर थाली फेंक दी'', यह स्वर शायद उनकी बेटी का था।

''क्यों बेटा, अभी तो खाना दिया था'', मनोरमा जी रुँआसी हो उठीं थीं।

''वे कहती हैं, दाल में नमक ज्यादा है, और रोटियाँ ठंडी हैं।''

यामिनी की साँसें उठा पटक में लगी थीं। 'हे प्रभु, ये हाल है मनोरमा जी का अपने घर में। बदमिज़ाज पति, उखड़ी हुई सास, बेबस बच्चे....''

''मैं जानती हूँ तुम क्या सोच रही हो'', यामिनी को बैठाते हुए मनोरमा जी ने उसे पानी दिया, ''यही न कि यह तस्वीर उस तस्वीर से तो बिल्कुल नहीं मिलती, जो तुम दफ्तर में रोज़ देखती हो।''

''नही मैम.... वो मैं सोच रही थी कि'', यामिनी के बाकी शब्द मुँह में ही अटक गए।

''जानती हो यामिनी, तुम्हें नव्या की मौत का बेहद सदमा लगा है, इस वजह से कुछ करना चाहती हो।'' मनोरमा जी की आँखे यामिनी पर टिकी थीं,

''पर अगर तुम्हें यह पता चले कि यह हत्या बल्कि हत्याएँ रोज़ होती हैं, तो तुम्हारा रिएक्शन क्या होगा?''

यामिनी को कुछ भी समझता न पा कर मनोरमा जी उसके पास ही बैठ गईं।

''मैं भी एकदम तुम्हारे जैसी थी, जोश व उमंग से भरी, साहस से लबरेज़, हर समय सामाजिक न्याय के खिलाफ़ लड़ने को तत्पर। बहुत कुछ किया भी अपने दम पर। पत्रकारिता के क्षेत्र में परिवारवाले भेजना ही नहीं चाहते थे, फिर भी जिद्द करके दाखिला लिया। 'मानवी' को ईंट दर ईंट खड़ा किया।''

"फिर, यह सब?"

"हाँ, फिर यह सब भी हुआ। मन मुताबिक विवाह किया मैंने। मेरे पति भी वरिष्ठ पत्रकार रहे हैं। आँखों की एक बीमारी के कारण अधिक काम नहीं कर सकते। फिर भी सोचते हैं, लिखापढ़ी का काम मुझसे कहीं बेहतर जानते हैं।"

" 'मानवी' केवल मेरा ध्येय ही नहीं, आर्थिक संबल भी है। सास लकवे की मरीज़ हैं। लेकिन शरीर से अधिक, मानसिक लकवे से पीड़ित। बेहद देखभाल और सेवा चाहिए उन्हें। वे सोचती हैं, केवल घर से बाहर निकलने के लिए ही मैं पत्रिका चला रही हूँ।"

"लेकिन मनोरमा जी, आप उन्हें समझा सकती हैं, काम के साथ-साथ घर चलाना कितना मुश्किल है" यामिनी ने टोका।

"तुम्हें क्या लगता है यामिनी, क्या मेरी मजबूरियाँ किसी को समझ नही आतीं?"

"आती हैं, पर केवल उस हद तक, जहाँ उन सब का स्वार्थ पूरा होता रहे। ये लोग जानते हैं कि न तो मैं अपने उद्देश्य से समझौता करूँगी, न ही उनकी खुशी से। दुख केवल इस बात का है, कि उनकी खुशी केवल मेरे भीतर की मनोरमा की हत्या करने में हैं, जो मैं कभी होने नहीं देती। मैंने लाख चाहा, सबको खुश रख सकूँ, लेकिन नहीं, जो वे मांगते हैं, मेरे बस का उन्हें देना नहीं।"

"क्या?"

"मेरा अपना "मैं", मेरी पूरी जिंदगी, मेरे सपने, मेरी हर वह उपलब्धि जो केवल मेरे नाम है।"

"मनोरमा जी, आपको ऐसे देखकर मुझे लग रहा है जैसे सदियों से, कहीं कुछ भी नहीं बदला।"

"नहीं यामिनी, बदला तो है। आज से पचास साल पहले, कोई मनोरमा होती, तो इतना संघर्ष करने से पहले ही हथियार डाल देती। उसे

समाज ही नहीं अपने अंत:करण से भी लड़ाई पड़ती। भीतरी दुश्मन को हराना बेहद दुष्कर होता है, आपकी सारी शक्ति का दोहन कर लेता है।''

''मैं तुम्हें यही समझाना चाहती हूँ कि नव्या तो सबकी आंखों के आगे मारी गई, पर मुझ जैसी कितनी ही नव्याएँ अंदर ही अदंर रोज़ मर रही हैं। वे अंदर भी लड़ रही हैं, बाहर भी। उनकी लड़ाई में साथ देने वाला कोई नहीं, क्योंकि उनके अपने ही प्रतिद्वंद्वी पाले में खड़े हैं। उनकी लड़ाई शायद इतिहास से भी अछूती रह जाए, क्योंकि व्यक्तिगत संघर्ष कभी सुनहरे पन्नों पर नहीं लिखे जाते।''

मनोरमा जी थक कर बैठ गईं तो यामिनी को सोचने का समय मिला।

''हाँ हकीकत कहीं अधिक भयानक है, उससे भी अधिक जो नज़रों के सामने आता है। नव्या तो चली गई, पर उन नव्याओं का क्या, जो धीरे-धीरे खत्म हो रही हैं। उन्हें बचाना कहीं अधिक ज़रूरी है। उनके लिए आवाज़ उठाना कहीं अधिक लाज़्मी है।''

सोचते-सोचते उसने मनोरमा जी के कंधे पर हाथ रखा, तो दोनों का जी भर आया।

''देखो न यामिनी, मेरा दुख तुम्हें इतना दुखी कर गया, यह तो ठीक नहीं हुआ।''

''नहीं मनोरमा जी, यही ठीक हुआ। मैंने आज जो देखा-समझा, वह शायद मैं सारी उम्र नौकरी करके भी न समझ पाती। मेरी समझ में आ गया है कि अपने भीतर के अस्तित्व को बचाना कहीं अधिक ज़रूरी है... उन खतरों के खिलाफ जो भीतर से ही प्रहार करते हैं। आपकी लड़ाई अब मेरी भी लड़ाई है। आप कभी खुद को अकेला न समझें।''

मनोरमा के आँसू यामिनी की हथेलियों पर गिर रहे थे, पर दोनों के होंठों पर मुसकुराहट थी।

13

एक और नरगिस

नरगिस के मरमरी फूलों पर झमर-झमर बारिश पड़ रही थी। बारिश के भार से झुकी डंडियाँ गमले तक झुकतीं, फिर उठतीं, फिर फूली-फूली सी, मुँह उठाकर मानों बूंदों का रस पीने लगती।

"मैं नरगिस क्यों न हुई?" सुगंधा ने मन ही मन सोचा। खिड़की के पास पड़ा परदा भी थोड़ा बहुत भीग गया था। उसने सुगंधा के माथे को छुआ तो उसे लगा कि उसके बदन का ताप ठंडा हो गया। बिस्तर से उतरकर उसने खिड़की के सारे पट खोल दिये। पानी अंदर आता जा रहा था। वह भीगने लगी। "ओफ! बूँदें भी इस कदर भिगो सकती हैं......" चेहरे का पानी हाथों से सहजते हुए उसने सोचा।

"अरे, अरे, यह क्या किया, तुमने? और बीमार पड़ने का इरादा है क्या?" मिहिर की तीखी आवाज कानों में पड़ी तो सहम कर पीछे हट गई सुगंधा।

"मैं......मैं तो बस, बारिश देख रही थी।" मिहिर ने पास आकर उसका चेहरा पोंछा, और धीरे से पलंग पर लिटा दिया।

"देखो सुगना, तुम अभी बहुत कमजोर हो। बस थोड़े दिन और, फिर जो चाहे करना। मैं अपनी सगु को ऐसे कैसे भीगने दूँगा?"

"नहीं, मैं तो बस........." सुगना ने कुछ कहना चाहा तो मिहिर ने अपना हाथ उसके मुँह पर रख दिया। शब्द मन में ही दबे रह गए। कैसे

कह पाती वह, कि सावन की बूंदें उसे जीवन से ज्यादा प्रिय हैं। अपनी छब्बीस साला जिंदगी के तीन साल छोड़कर लगभग हर साल उसने बूँदों में डूबकर उस रस को पिया है जो अंबर से धरती तक ईश्वर का संदेश लेकर आता है।

बचपन के उन लापरवाह दिनों में, जब भी जुलाई-अगस्त की आमद होती, घर में कितनी ही तैयारियाँ शुरू हो जाती थीं। माँ पुराने दाल-मसालों को धूप दिखाती, रजाई-गद्दों को झाड़ती, आम के अचार की तैयारी करती। सुगंधा के दोनों भाई-बहन नए बैग और रेनकोट की जिद करते, पर सुगना अपनी ही मस्ती में छतरियाँ सहेजती रहती।

"कैसी पागल लड़की है," माँ भुनभुनातीं, "हर समय भीगने को तैयार!" सुगना को लगता छाते से ज्यादा खूबसूरत और लुभावनी चीज दुनिया में बनी ही नहीं। जब चाहो ढक लो, जब चाहे घुमा लो, जब चाहे समेट लो। छाता टेढ़ा करके गले में टिकाना उसे किसी राजकुमारी में परिवर्तित कर देता। आधा टिका कर, आधे में भीगती, वह एक अलग ही दुनिया में पहुँच जाती पर आस-पास की दुनिया में तो आखिरकार लौटना ही पड़ता। वही दुनिया उसे बचपन की गलियों से उठाकर मिहिर के आँगन में ले आई थी। उसके मन का रोमाँच, उसके सपने, सब कुछ भीतर ही भीतर समो लिया सुगना ने। मिहिर को बेबात की रूमानियत पंसद नहीं थी। काम के प्रति बेहद सजग, नाते-रिश्ते, समाज का उठना-बैठना, वे सब निभाते थे पर मन की रौ में बेमतलब बह जाना उनकी समझ के परे था। घूमना-फिरना है, तो बाजार जाओ, कॉफी पियो, बाहर खाना खाओ-इससे अधिक और क्या? सुगना की बेवकूफाना हसरतों को वे कतई समझ नहीं पाते थे। बादल छाएँ तो बगीचे पर झूले पर ही घंटों बैठी रहती, दूधवाले के घर शादी है, तो कितने ही बरतन-कपड़े दान कर दिए, काम वाली की लड़की स्कूल जाने वाली है, तो नया बैग और किताबें सुगना ही तो दिलवाएगी। नहीं, मिहिर ने कभी उसे कुछ करने से रोका भी नहीं। पर सब भूलभालकर उसकी तरह किसी बात के पीछे लगे हों, ऐसा भी नहीं। सुगना का हर एक से

पटर-पटर बतियाना उन्हें नहीं भाता, पर उसकी दोस्ताना तबीयत पर कभी ऐतराज भी नहीं किया उन्होंने।

और अब......अब सुगना के दोस्त कौन हैं भला? तीन साल से उसकी जिगर की बीमारी ने सब दोस्त छीन लिए उनके। बीमारी तो लगभग ठीक भी हो चली है, पर उठने की ताकत नहीं है। मिहिर से कह सुनकर उसने यहाँ खिड़की के पास बिस्तर लगवा लिया है। सबको आते-जाते देखती रहती है, कभी थककर सो जाती है, उठती है तो वही लगी-बँधी दिनचर्या। मिहिर भी बेहद व्यस्त रहते हैं। पहले कुछ दिन तो उसके सिराहने बैठे-बैठे गुजर गए, पर अब सब कुछ तो नहीं छोड़ा जा सकता।

फिर सुगना के छोड़ने से भी तो कितना कुछ बदल गया है। घर अब वैसा नहीं चमचमाता, लॉन में घास ठीकठाक हो, वही गनीमत है, फूलों की कौन कहे। मिहिर का कितना नखरा था खाने में, अब तो जो छोटू की माँ पका दे, वही ईश्वर का प्रसाद समझ कर खा लेते हैं। नहीं, सुगना इतनी भाग्यवान नहीं कि माँ या सास का सहारा मिले। सास तो मिहिर के छुटपन में ही चल बसीं, और माँ इतनी बीमार हैं कि बेटी की तीमारदारी को नहीं आ सकतीं। ईश्वर भला करे छोटू की माँ का, वही माँ और सास का मिलाजुला रोल अदा कर रही हैं।

"आज कुछ खाना-पीना नहीं होगा क्या?" एक तीखा स्वर सुगना को संसार की ओर खींच लाता है।

"चलो-चलो, दोपहर का एक बज गया। थोड़ा सा अन्न पेट में डालो, फिर जितना मरजी सपना देखना।"

सुगना के होंठ धीमी हँसी हँस पड़े। "सपना देखना"-यही तो कहती है छोटू की माँ। यही होता है उसकी भाषा में मन ही मन संवाद करना। मन की भी कोई बोली हो सकती है उसे समझ नहीं आता। सच ही तो है, जिसे कोई सुन न सके, वह बोलना कैसा। पर कैसे कहे सुगना, कि अब हाथ-पैरों के नहीं, केवल मन के घोड़े दौड़ाना ही उसके बस में है।

"छोटू की माँ, आज कपड़े मत धोना, देखो तो, कैसे बादल छा रहे हैं, बेकार हल्कान होवोगी।"

"हे माँ काली, और सुनो इनकी बात"–छोटू की माँ को अब निर्देश लेना कहाँ सुहाता था, "सावन में तो रोज ही रामजी छाएगा और बरसेगा, कपड़े कब तक रखे रहेंगे?"

सुगना चुप हो रही। 'ठीक ही तो है? वह क्या जाने, कितना काम मुँह बाए पड़ा रहता है। दो जनों की गृहस्थी में भी, तीन समय चूल्हा तो जलाना ही होता है, फिर चाय-पानी, बर्तन-सफाई, दिन की सुइयाँ बस उस जैसों को ही बैठने की मोहलत देती हैं। फिर भी उसके मन से रहा न गया। "सुनो, जरा मुझे बगीचे के पास कुर्सी पर बैठा दो न ...यहाँ पड़े-पड़े ऊब गई हूँ।''

छोटू की माँ ने अचरज से देखा, फिर खुशी-खुशी उसे उठाकर बाहर ले आई। सुगना को लगा, जैसे वह ज्यादा चली, तो, गिर पड़ेगी। धीरे से कुर्सी पर बैठकर उसने साड़ी संभाली।

बगीचे की ठंडी हवा ने सुगना के गाल छुए तो वह सिहर सी गई। सदाबहार के सफेद और बैंगनी फूल उसके आँचल से उलझ गए थे। "कितने नाज़ुक होते हैं," सुगना ने मन ही मन सोचा, "और कितनी जल्दी बिखर जाते हैं," –"पर कितनी जल्दी खिल भी जाते हैं।"

सोचते-सोचते टप्प से एक बूँद उसके माथे से टकराई। "ओह, शायद बारिश आने वाली है। छोटू की माँ, छोटू......" उसने अंदर आवाज दी, पर शायद वह कहीं व्यस्त थी। सुगना को उठने की इच्छा हुई, पर पैर हिलाने में दर्द हो रहा था। बूँदें तेज पड़नी शुरू हुई, माथा भीगने लगा। "ओह, क्या करूँ मैं......" सुगना बेबस-सी खड़ी हुई, बेहद काँपती हुई, कुर्सी का हत्था पकड़े, पर खड़ा रहना भी मुश्किल लग रहा था। धीरे-धीरे वह भीतर मुड़ने को हुई, पर पैर तो कहीं और ही चल दिए। बगीचे की तरफ भीगती हरियाली में, हुमक-हुमक कर गिरती फुहारों में। उसे बहुत अचरज हुआ, लड़खड़ाना तो दूर, अब कोई

कंपन भी नहीं था। बारिश को अपने आप में समोती वह बगीचे के बीचोंबीच खड़ी थी। भीगती, सिहरती, डूबती हुई। उसे लगा जैसे बूँदें नहीं, जीवनरस ने उसे पुर्नजीवित कर दिया।

"अरे, पागल हुई हो क्या-" मिहिर ने दरवाजे से देखा तो पुकारा- "चलो अंदर......," वह भागता हुआ उसे लेने पहुँचा, पर सुगना ने कहाँ जाना था। उसकी बाँहों ने मिहिर को जकड़ लिया था-भीगने के लिए-और आश्चर्य था, मिहिर को भी उस पकड़ से छूटने का मन नहीं हुआ। मिहिर के कंधों से सटी सुगना ने भीगी पलकों से देखा, नरगिस झूम-झूम कर उसी की तरह पानी में नहा रही थी।

14

उड़ान से पहले

लाल, पीले, नीले, बसंती आँचलों से, और फरफराते दुपट्टों से कॉलेज का प्रांगण भरा था। मुख्य अतिथि के आने का समय हो गया था। सुमिता शर्मा चुस्ती से स्टेज के ऊपर-नीचे चक्कर लगा रही थीं। आज 'महिला विकास केन्द्र' का वार्षिक समारोह था, जिसका परचम लहराने में उनका मुख्य हाथ था। प्रिंसिपल शायद इतना तामझाम करने की अनुमति भी न देतीं, पर सुमिता की जोरदार दलीलों के आगे उनकी एक न चली।

"हमारी बच्चियों को पता होना बहुत जरूरी है मिसेज़ पाठक, कि पिछले कुछ समय में हमारे देश में महिलाओं ने कितनी प्रगति की है। मैं जानती हूँ यह सौ फीसदी मुकम्मल न सही, पर जो ठोस काम हुआ है उसे भी स्वीकार करना बेहद ज़रूरी है।"

सुमिता के जोश का प्रवाह दूसरी प्राध्यापिकाओं को भी तरंगित कर गया था। आनन-फानन ही सारा प्रोग्राम तय हो गया। कुछ चुनिंदा स्पीकर, कुछ अतिथि, खाने-पीने का आयोजन-सब के सहयोग से सब तय हो गया। सुमि का उत्साह थामे नहीं थम रहा था। आज सात बजे से ही वह कॉलेज पहुँच कर तैयारियों में जुटी है। सोमेश को वह कह चुकी है-आने में देर हो जाएगी। छह बजे गाड़ी भेज दे। अचानक उसे वाणी का ध्यान आया-आज कॉलेज न जाने की जिद कर रही थी। सुमि के कॉलेज जाने का निमंत्रण भी उसे नही रुचा। सुमि अपने कॉलेज की

धुन में मगन सोच नहीं पाई कि वाणी अनमनी क्यों है। बस चलते-चलते सोमेश से बोली-"आप घर पर हैं तो वाणी को देख लीजिएगा। कहीं घुमाने ले जाइयेगा। मैं तो थोड़े दिन ध्यान नहीं दे पाऊँगी।"

"तुम चिंता मत करो, बच्चे बड़े हो गए हैं। कुछ दिन कॉलेज नहीं भी गई तो कुछ फर्क नहीं पड़ता", सोमेश सदा की तरह उदारमन पिता की भूमिका में थे।

सारा समारोह अच्छी तरह निपट गया। सभी वक्ता बेहद प्रभावशाली थे। सुमि की आँखों में अपने कॉलेज के दिन लहरा गए, जब मंच पर बोलना, उसके छात्र-जीवन का अभिन्न अंग था। वह अक्सर प्रतियोगिताओं में भाग लेती, उमंग में डूबती, पुरस्कार जीतती, घर-बाहर उसकी उपलब्धियों की धूम मची रहती। अच्छी छात्रा, अच्छी अध्यापिका... धीरे-धीरे एक अच्छी बहू, पत्नी व माँ का ओहदा भी उसने संभाल लिया था।

वाणी के जन्म के साथ ही एक नए अध्याय का जन्म हुआ। सुमिता को पल-पल एक नया अनुभव होता। वाणी का चलना, बोलना, उसके स्कूल का पहला दिन, पहला ईनाम, पहली परीक्षा सब में सुमि की पूरी भागीदारी रहती। नौकरी करने के बावजूद अपनी बेटी को पूरा ध्यान और प्रोत्साहन देने की कोशिशों में लगी रहती। कई बार उसे सोमेश चेताते भी-

"इतना मोह पालोगी तो बाद में दिक्कत होगी।"

पर सुमि को किसी बात की परवाह नही थी। वाणी जैसा सुंदर बच्चा, और अपने बरसों के अध्ययन को अनुभव में निचोड़ने की ललक उसके मन-मस्तिष्क को विभोर किए रहती।

"मेरा बचपन बहुत अच्छा बीता सोमेश", वह अक्सर पति से कहती, "और मैं चाहती हूँ कि वाणी को मैं वही सब दूँ जो मुझे मिला, और वह भी जो मुझे नही मिला।"

सुमिता की ललक उभरती हाथ की सिली फ्राकों में, छोटे-छोटे लहँगा-चुन्नियों में, घर पर मनाए गए, हुल्लास भरे जन्मदिन समारोहों में वह आलसी सोमेश को भी बच्चों के संग अनवरत् लगाए रखती।

जब से वाणी बड़ी हुई, काफी कुछ पीछे छूट गया था। नौकरी की बढ़ती जिम्मेदारियाँ, पारिवारिक संबंध, सब में घिरी सुमिता वाणी को कम समय दे पाती थी। पर फिर भी उसे पूरा ध्यान रहता था कि बेटी अपने से अधिक दूर न हो जाए, वाणी अब बी.ए. के दूसरे साल में थी। सोमेश चाहते थे कि वह डॉक्टर या इंजीनियर बने, पर यहाँ भी सुमि की ही चली।

''यह साल उसकी प्रतिभा उभारने के लिए है सोमेश, किताबों के बोझ तले दबाने के लिए नहीं। वह कितना अच्छा गाती है, उसे स्टेट लेवल तक के पुरस्कार मिल चुके हैं। जिस भी कॉलेज में जाएगी, छा जाएगी।''

सोमेश हमेशा व्यावहारिक धरातल पर ही सोचते थे, सो यही बोले-

''छा तो जाएगी सुमि, पर कॉलेजों का जो माहौल होता जा रहा है कहीं उसे भ्रमित न कर दे। आए दिन उल्टी-सीधी खबरें पढ़ने को मिलती है।''

''नहीं सोमेश, हमारी परवरिश उसे कभी भटकने नहीं देगी। उसे याद रहेगा कि उसके हर कदम के साथ हमारी इच्छाएं, आशाएँ जुड़ी है।''

सुमि की दलीलों ने सोमेश को परास्त कर दिया था। बी.ए. (आनर्स) में दाखिला ले कर वाणी ने कॉलेज जाना शुरू किया। पढ़ाई के अलावा वह हर प्रतियोगिता में भाग लेना चाहती। पर इसके लिए अलग से कॉलेज में रुकना पड़ता। आने-जाने के लिए शीघ्र ही उसने स्कूटी की माँग की। सोमेश फिर राजी नहीं थे पर सुमि ने दोबारा इस माँग का समर्थन किया। वाणी अब बेधड़क स्कूटी पर आती-जाती पर

सोमेश के मन में काँटा खटकता रहता। जिस दिन भी उसे आने में देर होती, वे बाहर टहलते रहते। सुमि को यह सब कतई न रुचता।

"समय बदल गया है सोमेश", वह अक्सर कहती, "इतना दबा-ढंका कर रखेंगे तो बेटी कभी कुछ कर ही नहीं पाएगीं।"

सुमि की बातों का उत्तर हमेशा नहीं दे पाते सोमेश, पर अपने मन को समझा भी नही पाते थे। वाणी स्वयं हर बात का विश्लेषण ज़रूरी नहीं समझती थी। हर समय मोबाइल फोन पर व्यस्त, बातों में मग्न, उसकी दुनिया से माँ-बाप कहीं दूर होते जा रहे थे। न चाहते हुए भी सुमि को कभी-कभी चिढ़ होने लगती।

"तुम्हारी हर बात को मैंने हमेशा पूरा किया है वाणी, क्या मुझे अपना टाइम-टेबल बताना भी तुम जरूरी नहीं समझती?"

"ओ माँ," वाणी का स्वर दूर से आता लगा, "आप लोग मान भी लीजिए कि मैं बड़ी हो गई हूँ। हर छोटी-छोटी बात आपको बताकर होगा क्या?" वाणी की बात झनझनाते हुए सुमि को आकर लगी। शायद उसकी बात सही है, उसने सोचा। वह तो अब तक यही समझती थी कि अपने प्यार और समर्थन से वह वाणी की सबसे निकट राज़दार बन सकती है। शायद सोम की बात बिल्कुल सही है। माँ-बाप सदा माँ-बाप ही रहते हैं। दोस्त बनने की अभिलाषा उन्हें उनकी वास्तविक स्थिति से भी दूर कर देती है।

"सुमि, वाणी अभी कॉलेज से नहीं आई क्या?" सुमिता के घर पहुँचते ही सोमेश ने पूछा।

"नहीं, शायद वह कॉलेज गई ही नही।" सुमि को पता नहीं था कि कॉलेज के अलावा वह कहाँ जा सकती है।

"आजकल तो कोई गाने-वाने का अभ्यास भी नहीं चल रहा। न ही किसी सहेली के यहाँ जाने की बात थी।"

सोमेश के हाथ फोन तक जाते-जाते रुक गए।

"तुम्हारे पास उसकी सहेलियों के नंबर होंगे। ज़रा देना, मैं फोन करके पूछता हूँ।"

तीन-चार जगह फोन करने के पश्चात् भी कुछ पता न चला। सुमि खुद को सांत्वना देने का व्यर्थ प्रयत्न करती हुई बोली-

"हो सकता है पार्क-वार्क में घूमने का मन हो आया हो, कोई बात नहीं, आ जाएगी।"

"पार्क में ही है तो फोन का नेटवर्क क्यों नहीं मिल रहा?" सोमेश की साँस उखड़ने लगी थी। वे बेहद बेचैन थे और सुमि की कोई दलील उनके गले से नीचे नहीं उतर रही थी। सुमिता मन ही मन बेटी की कुशल ईश्वर से मना रही थी। अपनी सारी रियायतों पर, सारी परवरिश पर आज अपना दंभ टूटता नजर आ रहा था। कहाँ जाए, क्या करे कि वाणी को लाकर सामने खड़ा कर दे।

अचानक एक ऑटोरिक्शा धड़धड़ाते हुए गेट पर रुका। सोमेश के एक मित्र उतरे तो सुमि के होश-से उड़ गए। ऐसे माहौल में ये आ टपके। न जाने सोमेश इन्हें क्या कह दें। पर उनके उतरते ही वाणी का चेहरा नज़र आया-सहमा, सिमटा, उतरा हुआ।

"भाई साहब, आप वाणी से..." आगे बोला नहीं गया सुमि से। वर्मा जी ने बोलने ही नहीं दिया।

"भाभी आप वाणी को भीतर ले जाइये। बाकी बातें बाद में होती रहेंगी।"

सहमी हुई बेटी को सुमि अंदर ले गई तो एकाएक उसके सब्र का बांध टूट गया।

"बता कहां थी अब तक? पता है तेरे पापा और मैं कितने परेशान थे। फोन कहाँ था तेरा?"

फूट-फूट कर रोती हुई वाणी ने जो हिचकियों में बताया उसे सुनकर सुमिता की घिग्घी बँध गई। एक ग्रुप बना था कॉलेज में, जिसके

संग वाणी ने फिल्में देखने का शौक पाल लिया था। एक अंग्रेजी फिल्म के तीन से छह के शो के लिए वह गई थी। जिन दोस्तों ने उसे फिल्म की तारीफ करके लुभाया था वे उसे हॉल में छोड़कर चलते बने। अंधेरे में एक दूसरा ही समूह उसके आसपास मंडराने लगा। वे छेड़छाड़ से आगे बढ़ने लगे तो वह चिल्लाई पर किसी ने नहीं सुना। जैसे-तैसे वह जान छुड़ाकर भागी तो गेट पर उसका पाँव लड़खड़ा गया। अशक्त होकर वह चिल्लाने लगी तो बाहर किसी गार्ड ने उसकी आवाज सुन ली। उसने गेट खोला तो वह बाहर भागी। बेबस अवस्था में वह सड़क पर भाग रही थी कि वर्मा जी से आ टकराई।

आगे कुछ पूछने की सुमि की हिम्मत नहीं थी। वाणी फफक-फफक कर रो रही थी। सुमिता समझ नहीं पाई कि उससे कहाँ भूल हुई। क्या उसे भी अन्य माँओं की भांति बेटी पर प्रतिबंध लगाने चाहिए थे। जिनका एक ही बच्चा हो क्या उन्हें भी याद रखना चाहिए कि वह लड़की है या लड़का। क्या माता-पिता की आशाएं-आकाक्षाएं भिन्न हो जानी चाहिए सिर्फ यह सोचकर कि बेटियों को उड़ने के लिए सीमित आकाश ही उपलब्ध है।

सुमिता ने दरवाजे पर सोम का चेहरा देखा तो सहम गई। उसे लगा कि अब उसे कटघरे में खड़ा करने की बारी पति की है। पर सोम ने ऐसा कुछ नहीं कहा।

''घबराओ मत सुमि, बस ईश्वर का धन्यवाद करो कि हमारी बच्ची सही सलामत है। उसे संभालेंगे, उसे समझाएंगे कि दुनिया में उसे अपनी राह सुरक्षित कैसे करनी है। सपने देखने हैं तो उन्हें मुकम्मल तौर पर सच कैसे करना है।''

''सोम हमारी बेटी को कुछ हो जाता तो'', सुमि की रुलाई रोके नहीं रूक रही थी।

''नहीं हुआ, शायद इसलिए कि हमारी दुआएँ उसके साथ थीं। और आगे भी नहीं होगा क्योंकि हम उसे बताएंगे कि उड़ने के लिए पंख ही

काफी नहीं, तेज नज़र भी ज़रूरी है। उसे देखना आना चाहिए कि राह साफ है या धुँधली। तभी अपनी मंजिल तक पहुँच पाएगी।''

सुमि ने पाया कि उसकी अपनी आँखें आँसुओं से धुँधली हो चली हैं। उसने आंचल से आँसू पोंछे और सोती हुई वाणी के माथे पर हाथ फिराने लगी। हाँ, उसकी बेटी ज़रूर उड़ान भरेगी, पर नए पंखों के साथ; आकाश बेशक वही है, विषमताओं से भरा, पर उमंग दूसरी होगी। उसकी चिरैया के पंख अब कोई नही काट पाएगा।

15

मुक्तिमार्ग

"बधाई हो प्रिया, तुम्हारी समस्या का हल मिल गया,'' फोन पर श्रीमती खन्ना की खनकती आवाज सुनते ही प्रियंवदा के हाथ डिज़ाइन बुक छोड़ कर रिसीवर से जा लगे।

"क्या कह रही हैं मिसेज खन्ना, कोई नया कारीगर भेज रही हैं क्या? अभी तो मैं आपके भेजे पुराने मास्टरजी से ही निबट लूँ वही बहुत है। कितना भी समझा लो, कटिंग वहीं की वहीं कि नौ दिन चले अढ़ाई कोस ..."

"अरे मेरी बात तो सुन पहले," श्रीमती खन्ना ने प्रिया के शिकायत भरे सुर को तुरत-फुरत अपने उत्साह की आंधी में उड़ा डाला।

"कारीगर तो इस बार ऐसा भेज रही हूँ कि याद करेगी सरोज खन्ना की दोस्ती को। मास्टर तो आज गए, कल आए, उनका ऐसा कोई मसला नहीं। पर एक बढ़िया फुलटाइम मेड चाहिए थी न तुझे, बस वही मिल गयी समझो। आज सुबह ही मेरी समधिन कौशल्या जी का फोन आया था। उनकी कॉलोनी में जो सर्वेंट ब्यूरो है ना, वहीं से एक लड़की खोज कर रखी है। अभी कुछ ही दिन हुए कोलकता से आयी है। बेहद कमेरी और एकदम भोलीभाली..."

"अरे छोड़िए भी सरोज जी," प्रियंवदा के स्वर में बेहद हताशा थी, "भोलाभाली और वह भी ब्यूरो की लड़कियाँ, एकदम नामुमकिन! आएँगी तो यों लगेगा जैसे अलिफ से बे तक के हर्फ भी न जानती हों और महीना बीतते न बीतते ऐसे पर निकलते हैं कि क्या बताऊँ। अभी जो गयी वह दिन में तीन बार सज-सँवर के गली में निकलती थी चीनू को घुमाने! उससे पहले, जब देखो बच्चे को सुलाए जा रहीं है और उसी बहाने सारा दिन रजाई में घुसे-घुसे कट रहा है। अब तो मैं इतनी तंग आ चुकी हूँ कि सोचती हूँ चीनू को अपने संग बुटीक ही ले आया करूँ। आधा दिन तो यों ही घूमते-घामते काट लेता है।"

"सो तो ठीक है प्रिया," श्रीमती खन्ना बोलीं, "पर एक बार किसी को आज़माने में हर्ज ही क्या है। जहाँ इतनी आयीं-गयीं, यह और सही। फिर यह भी तो सोचो अगर यह टिक गयी, तो तुम्हें कितना सुख हो जाएगा– लड़की नयी है, जैसे ढालोगी ढल जाएगी। अभी भाषा भी कम समझती है। जितनी देर नासमझ रहे, उतना ही अच्छा, क्यों?" कहते-कहते सरोज खन्ना का भीमकाय ठहाका प्रियंवदा को भी हँसने पर मजबूर कर गया।

"ठीक है, भेज दीजिएगा, देखूँ इस बार का एक्सपेरिमेंट कैसे नतीजे देता है," कहते हुए उसने फोन रखा और दोबारा डिजाइन बुक के पन्ने पलटने लगी। इसी नवंबर में उसे कुछ बड़ी शादियों के ऑर्डर मिलने की उम्मीद थी।

आठ साल पहले समय काटने को जो फैशन डिज़ाइनिंग का कोर्स उसने किया था, आज उसी की बदौलत वह अपने अस्तित्व को एक नया आयाम दे चुकी थी। एक बेहद खूबसूरत कामदानी लहंगे की चिकनी तस्वीर पर उसके हाथ अटक गए, मन की उँगलियाँ रह-रह कर अतीत के उन भूले-बिसरे पन्नों को पलटने लगीं, जहाँ वह प्रियंवदा काबरा न हो कर सिर्फ प्रिया थी-अल्हड़, मासूम, चंचल और नादानी की हद तक बेपरवाह!

प्रिया मेहता– एक संभ्रांत, संयुक्त गुजराती परिवार की प्यारी बेटी, जिसे सबके लाड़-प्यार ने इस कदर बिगाड़ रखा था कि चाँद पर हाथ रखे, तो चाँद हाज़िर। पिता आर्मी में थे और अकसर बाहर पोस्टेड रहते, जिसके फलस्वरूप उसे और भी हाथों हाथ लिया जाता। उन्होंने अपनी एक पोस्टिंग के दौरान उसकी कश्मीरी माँ बरखा कौल से प्रेम विवाह किया था, जिसे स्वीकारने में परंपरागत नीति-नियमों से बँधे उसके दादाजी को हृदयाघात से जूझना पड़ा था। इन्हीं तनावपूर्ण परिस्थितियों में जन्मी प्रियंवदा-एक ठंडी, शीतल, सुंगधभरी बयार की तरह, अपने माता-पिता के संग समस्त परिजनों के तप्त हृदयों पर अपनी मासूम चितवन का सुलेप लगाने। एक तो जो भी देखता, प्रकृति और परमेश्वर की सम्मिश्रित कारीगरी पर मुग्ध हो जाता। प्रिया ने पाया था माँ का गुलाबी दूधिया रंग, बादामी आँखें और रक्ताभ लालिमा से फड़कते पतले-पतले होंठ। उस पर मुंबई की समुद्री बयार ने प्रिया के काले केशों को कमर से नीचे तक लहरा दिया था।

बरखा अकसर मेजर मेहता के साथ बाहर की पोस्टिंग पर ही रहतीं। प्रथमजन्मा इस पुत्री को एक तरह से उन्होंने मेहता परिवार को ही सौंप दिया था, जिसका भार उस संयुक्त परिवार के अगणित कंधे सहर्ष उठाने को लालायित रहते। यों ही हँसते-खेलते उसने हाई स्कूल की परीक्षा चुटकियों में उड़ा दी थी और केवल एक महीने की पढ़ाई से कमाए सत्तर प्रतिशत अंकों पर 'मेहता मेंशन' में ब्रह्मभोज का सा उत्सव हो गया था।

उसी साल के नवरात्रों में एक और उत्सव घटा था, जिसने प्रियंवदा मेहता के सोलह वर्षीय, निर्बंध जीवनपोत को एक खेमे में बाँध दिया था। ऐसा कुछ, जिसकी उसने स्वप्नलोक में भी कल्पना न की थी। प्रिया के चाचा सुविमल मेहता डांडिया रास और उससे जुड़े नृत्य-संगीत के अग्रणी माने जाते थे। उन्हीं की सोहबत में उसे भी डांडिया की लचक और धनक से वह प्रेम हो चला था कि नवरात्रि से महीनों पहले वह हवेली के गोल आँगन में थिरकती रहती–

"केसरियो रंग तने लाग्यो नी गरबो-केसरियो रंग तने लाग्यो नी हो"

नाचते-गाते कब उसे डांडिया के दौरान स्टेज शोज़ का मौका मिलने लगा, यह न तो वह जान पायी, न ही उसके रूढ़िग्रस्त परिवारजन, जिन्हें केवल उसके लिए बजने वाली तालियों पर ही निछावर होने का ध्यान रहता। बात कुछ आगे बढ़ती, तो शायद उसके थिरकते कदम रोक भी लिए जाते, पर सत्रहवें बरस के नवरात्र की कुछ और ही कथा चल निकली। अहमदाबाद के एक प्रसिद्ध उद्योगपति मुक्तेश्वर काबरा ने उसका नृत्य देखा और उसे अपनी कुलवधू बनाने की जिद कर बैठे। मेहता परिवार आर्थिक स्थिति में उनके समकक्ष न सही, पर प्रियंवदा की अविरल रूपराशि उसके भावी श्वसुर को अन्य सभी गणित भुलाए दे रही थी। यहाँ तक कि उसके गुजराती होने पर भी मारवाड़ी मुक्तेश्वर को आपत्ति न थी। अपने पुत्र के समस्त संशयों को उन्होंने अपनी वाक्शक्ति से धराशायी कर दिया था।

"तुम उसे देखोगे, तो अपने पिता की दूरदर्शिता की दाद दोगे जितेन। माना आयु कुछ कम है, पर कन्या हो चाहे बेल, सही समय, सही स्थान पर मंढे चढ़ जाये, वही अच्छा है। आज नहीं तो कुछ साल बाद भी आना तो उसे ससुराल की देहरी के पार ही है। फिर तुम भी अब काम-धंधे से लग चुके हो। जितनी जल्दी में तुम्हारे कर्त्तव्य से निवृत्त हो जाऊँ, उतना ही अच्छा। तुम्हारी माँ का ज्यादा समय तो गुरु महाराज की सेवा में ही बीतता है। घर की जिम्मेदारी लेने वाला भी तो कोई चाहिए।"

जितेन चाह कर भी उनका प्रतिवाद न कर सका था। नहीं कह पाया कि हार्वर्ड के बगीचे में ताजी-ताजी पकी उसकी व्यवसायिक बुद्धि गृहस्थाश्रम के थपेड़े नहीं झेल पाएगी। फिर रहा-सहा अंतर्विरोध प्रियंवदा की अधखुली तसवीर तले दब गया था। उन दिनों किसी प्रोफेशनल विवाह विशेषज्ञ फोटोग्राफर से तसवीर खिंचवाने का चलन तो था नहीं

और न ही प्रिया मेहता को इसकी कोई आवश्यकता। डांडिया की ही एक नाचती-झूमती तसवीर मुक्तेश्वर बेटे को दिखाने के लिए ले आए थे और सचमुच ही झूम गया था जितेन। कुछ ऐसा पोज़ आन पड़ा था कि प्रिया के हाथ ऊपर बँधे थे और चेहरा नीचे तक आ रहा था, पर जिसने भी खींची थी, उसने उसकी रेशमी पलकों को ही आर्कलाइट के घेरे में बाँध कुछ ऐसा लुक दे दिया था कि जितेन को लगा यह शर्म नहीं, अल्हड़पन नहीं, वरन दृष्टि का सम्मोहन है। उसकी चौबीस साला आँखों ने अभी तक तो वात्सल्य बरसाती माँ की करुण दृष्टि देखी थी या फिर ब्रिटेन और अमेरिका के प्रवास में मिली ब्लांड सुंदरियों की चकाचौंध करती हरित-नीली आवृष्टि। कृत्रिम प्रसाधनों की रेखाओं से रहित, बादामी काजल डली आँखों का आकर्षण जितेन काबरा को एक अजीब पसोपेश में डाल गया, जिसका निवारण अंततः विवाह वेदी पर ही हुआ था।

श्वसुर गृह में कदम रखते ही प्रिया मेहता बन गयी थी प्रियवंदा काबरा– उनके यहाँ कुलवधू का नाम बदलने की रीत जो थी। पर घूँघट पलटते ही उसकी सास को लगा कि मन को मोहने वाली इस सूरत को 'प्रिया' ही बुलाना ठीक रहेगा। कादंबरी देवी ने जितेन की वधू को ले कर जितने भी स्वप्न कभी देखे थे, प्रिया उन पर इक्कीस ही पड़ी थी। किन्तु उसका सोलह वर्षीय अल्हड़पन, उनकी अनुभवी दृष्टि को मोहित कम, चिंतित अधिक कर उठा था।

"देखो बेटी, अब तुम्हें एकदम नए रूप में ढलना होगा। बचपना छोड़ इस गृह का राजपाट संभालो और मुझे मुक्ति दो," कहते-कहते उनकी आँखें किस अनजान शंका से झिलमिला उठी थीं, यह समझने की न तो प्रिया की वयस थी, न ही अवस्था। अभी तो उसकी नवपरिणीता चितवन में काठमांडू में बिताए उन आठ दिनों के सपने नाच रहे थे, जिन्होंने उसे जितेन की आँखों की पुतली बना रखा था। ऑफिस का तामझाम छोड़ वह वह रात-दिन उसके चारों ओर पतंगे सा नाचता

रहता और प्रिया– उसके एक-एक हावभाव में प्रेम की ऐसी लौ लगी थी कि अपने सिवा उसे जितेन ही जितेन दिखायी पड़ता।

पर सपनों के उड़नखटोले को एक न एक दिन यथार्थ के धरातल पर तो उतरना ही था, सो प्रिया मेहता को भी अपने नवब्याहता जीवन के सच से रूबरू होते देर नहीं लगी। जितेन को मुक्तेश्वर ने हनीमून से लौटते ही सिंगापुर किसी बिज़नेस ट्रिप पर रवाना कर दिया और कादंबरी निकल गयीं रामेश्वरम, कोई भूली-बिसरी मन्नत उतारने। पीछे रह गयी उस हवामहल से बंगले में कमरों के चक्कर काटती प्रिया, जिसे अब केवल दो ही काम थे –जितेन के फोन की प्रतीक्षा करना या अनियमितताओं से बँधे ससुर जी के नाश्ते-खाने की व्यवस्था देखना। उसके लिए भी जिन चिरसेवी भृत्यों की फौज थी, वे उसे किसी काम में हाथ तक न लगाने देते। प्रिया ने दिमाग लड़ा कर अपने लिए काम ढूँढ ही निकाला। काबरा परिवार की बैठक, एक प्रसिद्ध उद्योगपति घराने का प्रतिबिंब बेहद उबाऊ ढंग से प्रस्तुत करती थी। एक नितांत पुरातन तैलचित्र और आदिम युग की याद दिलाती बाघ की खालें दीवारों को ढके थीं। जमीन पर था तीस वर्ष पुराना एक ईरानी कालीन, जो कभी मुक्तेश्वर को एक मुस्लिम मित्र ने भेंट स्वरूप दिया था और जिसके कलात्मक बेलबूटे समय की परतों तले इस कदर धूमिल हो चुके थे कि जितेन के लाए इंपोर्टेड वैक्यूम क्लीनर को भी उन्होंने नाकारा सिद्ध कर दिया था। प्रिया ने उसी ईरानी जंगल समेत सारी दीवारों से उन बेसिर पैर के चित्रों को उखाड़ डाला और उन मटियाली दीवारों पर उतार दिया अपना रंग-रंगीला गुजरात। गेरू के रंग से पुते झरोखे और आसपास टंग गए जामनगर से आए प्रिया के दहेज के काँच की कढ़ाई से जगमगाते वॉल पेनल। बड़े-बड़े भीमकाय सोफों को पहुँचाया गया लॉन के एक कोने में और डायनिंग रूम की चौखट पर टंग गया गुजराती झूला, जिस पर पड़े गावतकिये दिन भर की थकान मिटाने का आमंत्रण देते प्रतीत होते। लॉन की तरफ खुलते हुए द्वार को प्रिया ने अपने हाथों कच्ची मिट्टी से लेप डाला और सफेद रंग की अल्पना उसके चारों और

रचकर एक नवीन कुटिया का रूप दे दिया। उस पर परदों के भारी-भरकम लबादे की जगह डाल दी गई प्रिया की ही पेंट की गयी चिकें, जिन पर बना था तोता मैना का हरित श्याम जोड़ा। प्रिया का गोरा चेहरा इसी कायाकल्प के मद में लाल हो उठा था। रंगों के छींटे अपनी साड़ी के पल्लू से पोंछती वह बेखबर सी सफाई में जुटी थी कि मुक्तेश्वर की गाड़ी का हार्न बज उठा। उससे भी कर्कश स्वर में गूंज उठी वह आवाज़, जो सारा फर्नीचर लॉन में देख झल्ला उठी थी, "यह सब क्या है बिरजू, दो दिन को हम बाहर क्या गये तुम लोगों ने पुताई-वुताई करवा डाली क्या?" ''जी नहीं साहिब, वह तो छोटी बहूजी बैठक सजवाई दिये हैं ना, सो,'' बिरजू की दीन-हीन उक्ति मुक्तेश्वर की गरज के आगे स्वतः ही कट गई थी। "तो अब तक क्या बेसजी बैठक थी हमारी?" "नहीं पिताजी, ऐसा कुछ भी नहीं है," प्रिया का सकुचाया सा स्वर उस गरजन-तरजन में रुंध सा गया, "मुझे लगा कि कुछ नया सा लगेगा-बहुत समय हो गया, कुछ बदला नहीं गया था इसलिए।" "इसलिए बदलना जरूरी हो गया कि तुम्हें अच्छा नहीं लगा, क्यों?" मुक्तेश्वर की कड़ी दृष्टि ने प्रिया को बेंध सा दिया।'' 'देखो बहू, तुम नई हो इसलिए जरूरी नहीं कि हर चीज तुम्हारे वास्ते नई बनायी जाए। तुम्हें जो भी सजाना-वजाना हो, आंइदा अपने कमरे तक ही करो। बाकी घर देखो, रसोई का काम देखो। बेकार सिर खपाने की जरूरत नहीं है," कहकर मुक्तेश्वर ने बैठक पर दृष्टि डाले बिना बाहर का रुख कर लिया। प्रिया को लगा जैसे एक तूफान उसे छूकर गुजर गया। सहमे हुए हाथों से उसने बचे-खुचे रंग समेटे और खुद सिमट गयी अपने कमरे की चारदीवारी में, जहाँ प्रियंवदा काबरा बनने की चाह खुलकर पनपने से पहले ही मुक्तेश्वर काबरा के रूढ़िग्रस्त अनुशासन तले दब गयी थी। जितेन सिंगापुर से लौटा, तो प्रिया को लगा कि उसकी सहमी हुई साँसों को कोई झरोखा सा मिल गया, पर हैरानी तो तब हुई जब वहाँ से आती बयार में भी उसे घुटन के ही अवचिन्ह मिले, "तुम्हें इस बात को ज्यादा दिल से नहीं लगाना चाहिए प्रिया," जितेन के स्वर

की माप-तौल प्रिया को हैरान कर गयी थी, "पिताजी का हर चीज को देखने का एक रवैया है, हम चाहें तो भी उसे नहीं बदल सकते।"

"लेकिन मैंने कब कहा कि......" प्रिया की बात काटकर जितेन ने फिर एक आकुल प्रेमी का मुखौटा ओढ़ लिया था, "तुम्हें किसी से कुछ कहने-सुनने की जरूरत नहीं, जो कहना हो बस मुझसे, मेरे कानों में कहो . ..." कहते-कहते उसने पत्नी को अपने अंग में समेट लिया। पर सिमटी-सकुचाई प्रिया मेहता के मन का कोई कोना सिकुड़-सा गया। शायद इसी को वैवाहिक जीवन की एडजस्टमेंट कहते है, सोचते-सोचते उसने स्वयं को अपने कमरे के भीतर कैद कर लिया। पर फिर आ गये उस साल के नवरात्र और न चाहते हुए भी प्रिया का मन उसी ताल पर थिरकने लगा, जो कभी उसके मायके की हवेली के चारों कोनों में गूँजती थी। देवी पूजा तो मुक्तेश्वर भवन में भी पूरे तामझाम से की जाती, पर नृत्य-संगीत का वहाँ नामोनिशान भी न था। प्रिया से जब रहा न गया, तो उसने डांडिया रास के लिए आए दो पास जितेन और अपने लिए जुटा लिए। पर वह यह भूल गई कि अपनी हर इच्छा पर अब मुक्तेश्वर काबरा की सहमति की मुहर भी उसे जुटानी पड़ेगी। जितेन की इतनी मजाल कहाँ कि पिता से छिपकर उसे कहीं ले जाये। "अरे वह अभी सत्तह साल की बच्ची है, तो तुम्हारी अक्ल क्या घास चरने गयी है? हमारे यहाँ बहुएँ भरी महफिलों में नाचती नहीं फिरतीं। कह दो प्रियंवदा से, अब भूलकर भी नाच-गाने की बेहूदा नुमाइशों में न पड़े..." बोलते-बोलते मुक्तेश्वर यह भी भूल गये कि डांडिया की तान पर नाचती प्रिया ने ही कभी उनका मन मोह लिया था। उसे एक शालीन, आदर्श बहू के आवरण में दबी-ढकी देखने की चाह में उन्होंने उस सारी अल्हड़ता और चपलता को असमय ही कुचल डाला, जो उसके व्यक्तित्व का आर्कषण थी। यहाँ तक कि जब कादम्बरी देवी रामेश्वरम से लौटी, तो उन्हें लगा जैसे बहू के गोरे चहरे पर हल्दी सी पुत गयी हो।

"अपने खाने-पीने का ध्यान नहीं रखा बेटी?" उन्होंने प्यार से पूछा, तो प्रिया की रुलाई फूट पड़ी। कुछ न कह कर उसने सीधा सास की छाती पर सिर रख दिया। कादंबरी का धर्मभीरु चित्त प्रेम और दया से कांप उठा। सुना था बहू की माँ नहीं हैं। बिन माँ की बच्ची उनके महल से राजप्रसाद में आ कर भी दुखी रहे, तो धिक्कार है सब पर। उन्होंने उसे प्यार से पुचकारा और अपने हाथ से उसकी पसंद की दालपूरी और मखाने की खीर बनायी। प्रिया को अरसे बाद यों जान पड़ा, जैसे अपनी दादी की गोद दोबारा मिल गई हो। उसे खाते देख कादंबरी ने मन ही मन एक प्रण कर डाला। जब तक इसके पैर गृहस्थी में जम नहीं जाते, वे उसे अकेला नहीं छोड़ेंगी। असली गुरु महाराज तो इसके भोलेपन में बिराजते हैं। कुछ दिन यही सेवा सही। सोचते-सोचते उन्होंने उसके खालीपन के लिए काम भी सोच लिया।

"अब हम-तुम मिल कर पूजा घर की सार-संभाल खुद करेंगे। ये बिरजू-इमरती तो बस पोंछा सा फेर देते हैं। तुम ऐसा करो, सारी पोशाकें दोबारा सिल लो। मुझसे तो सुई में धागा भी नहीं पिरता बेटी, अब तुम्हीं को सब करना है।"

"और आपको सिर्फ बताना है," प्रिया का खोया हुआ उत्साह वापस लौट आया था। गाड़ी ले कर वह बाज़ार गयी, तो जी चाहा सारी दुकान ही खरीद डाले। हफ्ताभर तो कपड़ों की छाँटा-छाँटी में ही लग गया। राधाकृष्ण की जुगलजोड़ी के लिए लाल और हरा साटिन, गोटे किनारी की लच्छियाँ, लक्ष्मी जी की गुलाबी किरन लगी साड़ी, हनुमान का पीला रेशमी लंगोट और लड्डूगोपाल के अनगिनत जोड़े। शीशे, मणिमाला, मुक्तामणि के हार-मुकुट में डूबती-उतरती प्रिया को देख कादंबरी देवी के क्लांत चित्त को शांति मिली। दोनों के संयुक्त परिश्रम से जब पूजा घर सजा, तो सबकी आँखें चुंधिया गयीं।

आरती का थाल सजा कर प्रिया जितेन को पूजा के लिए बुलाने गयी, तो पाया कि वह पहले ही पूजाघर में बैठा है। पत्नी को वहाँ देख

उससे रहा नहीं गया और उसने आरती का थाल नीचे धर प्रिया के हाथ पकड़ लिए, "यह सब तुमने खुद किया है प्रिया? तुम इतनी बड़ी कलाकार हो, तो कभी मुझे बताया क्यों नहीं?" "मैं?" प्रिया को कुछ कहते नहीं बना,'' मैं कुछ करना चाहती हूँ जितेन। ये रंग, यह चमक, नृत्य-संगीत, मुझे सब लुभाता है, पर पता नहीं जो भी करती हूँ पिताजी को अच्छा नहीं लगता, और मैं..." आगे की आवाज आँसुओं में रुंध गयी।

जितेन को लगा, कहीं न कहीं वह अपनी नवयौवना पत्नी के साथ कोई अन्याय तो नहीं कर रहा। उसी पल उसके व्यावसायिक दिमाग ने तीखी करवट ली और वह प्रिया को झिंझोड़ बैठा, "रोना बंद करो प्रियंवदा। कला और कलाकार सबकी समझ में आएँ, यह जरूरी नहीं। जरूरी यह है कि यह कला जीवित रहे, पनपे और तुम्हें तुम्हारी पहचान दिलवाए। कल से तुम वल्लभभाई इंस्टिटयूट ऑफ आर्ट जॉइन कर लो, मनचाहे कोर्स में।"

प्रिया को लगा, जैसे कहीं मंदिर में आरती के घंटे गूँज उठे और उसकी पूजा स्वीकार हो गयी। अश्रुपूरित नेत्रों से उसने दुर्गा की विशाल मूर्ति को ताका, तो लगा कि एक नवीन शक्ति का संचार उसके तन-मन में हो रहा है। आज तक वह शक्ति पूजा में एक किशोरी का रूप धरे नाचती-गाती आयी थी। आज उसे लगा कि माँ दुर्गा ने इतने वर्ष की प्रार्थना का सुफल इस रूप में दिया। हाथ जोड़े वह कब तक खड़ी रही, उसे भान ही न रहा।

उसके बाद तो समय जैसे पंख लगा कर उड़ चला। अपने रंगों का तामझाम समेटे प्रिया एक नयी ही दुनिया में आ खड़ी हुई, जहाँ उसकी हर कल्पना, हर रचना को एक नया आयाम मिला। फैशन डिज़ाइनिंग का डिप्लोमा करते ही उसने अपनी पहली प्रदर्शनी लगायी और डिज़ाइनर सर्कल में सुर्खियाँ बटोर लीं। 'तानाबाना' नाम से प्रियंवदा ने बुटीक लॉन्च किया। कोटा के एंटीक स्वरूप को उभारती नए डिजाइन

की साड़ियाँ, जो अभिजात्य वर्ग की भद्र महिलाओं ने हाथों हाथ उठा लीं।

जब बाहरी दुनिया ने उसकी प्रतिभा को स्वीकारा, तो मुक्तेशवर ने भी जाना कि उनकी बहू आम महिला नहीं, वरन् एक कलाकार है, जिसकी संवेदनाओं की कद्र उन्हें न चाहते हुए भी करनी ही होगी। किंतु उनके भीतर बैठा चतुर व्यवसायी अपनी ही पुत्रवधू से किसी रूप में कमतर नहीं पड़ना चाहता था, सो एक लुभावना प्रस्ताव प्रिया के समक्ष रखा गया, "हम देख रहे हैं कि तुम अब डिज़ाइनिंग वगैरह अच्छी करने लगी हो। तुम्हें शायद इस बात की खबर नहीं, पर अच्छे डिजाइंस की एपैरल बिजनेस में अच्छी-खासी माँग है। तुम चाहो तो काबरा टेक्सटाइल्स के तहत अपने कपड़ों की लाइन लॉन्च कर सकती हो।"

प्रिया की समझ नहीं आया कि वह क्या कहे। उसने जितेन से बात की, तो एक नयी सी योजना अवतरित होती नजर आयी, "तुम्हें तो खुश होना चाहिए कि पापा तुम्हारे काम को इतना महत्त्व दे रहें हैं। इससे बिजनेस में भागीदारी भी हो जायेगी और तुम्हें अपना शौक पूरा करने का मौका भी मिलता रहेगा।"

प्रिया को लगा जैसे सब कुछ एक सुनिश्चित सुनियोजित तरीके से हो रहा है। उसके सहमति देते ही 'ताना-बाना' एपैरल्स धूम-धाम से लॉन्च कर दी गई। प्रिया को मिला एक शानदार डिजाइन स्टूडियो, मंजे हुए कारीगरों की टीम और वे सभी सुविधाएँ, जो उसे अपना सपना पूरा करने में सहायक सिद्ध होतीं। प्रिया तन-मन से इन सपनों के बाने संजोने में जुट गयी। वह एक-एक कपड़ा छाँटती, एक-एक टाँका अपनी नजर में लगवाती, जिससे कि हर पोशाक मुँह से बोलती नज़र आती। मार्किटिंग का ज़िम्मा मुक्तेश्वर के ही कुछ सीनियर एक्सपर्ट्स ने ले रखा था। कुल मिलाकर काम अच्छा ही चल निकला था कि धीरे-धीरे प्रिया के पैर डगमगाने लगे। ताना-बाना के दो साल पूरे होते न होते वह एक गुलगोथने से बेटे की माँ बन गयी। घर की जिम्मेदारियों ने घेरा, तो

एक बार फिर उसे काम छोड़ उसी खोल में घुसना पड़ा जिसे उसने तीन साल पहले बमुश्किल ही तोड़ा था। पर चिरायु को पालने की जिम्मेदारी अपने सपनों को पालने की उत्कंठा से कहीं ज्यादा थी, तो न चाहते हुए भी 'ताना-बाना' पराए हाथों में उलझ ही गया।

मुक्तेश्वर को लगा, उसे अपनी जगह दिखाने का यही सही वक्त है। सो उन्होंने फैशन के बाजार से एक नामीगिरामी डिज़ाइनर को मुँह मांगे दामों पर खरीद डिज़ाइनिंग का जिम्मा सौंप दिया। प्रिया ने जब उसके बने डिज़ाइंस देखे, तो सकते में आ गई। डरते-डरते भी उसने उनसे पूछ ही लिया, "मैंने आना-जाना ही कम किया है पिताजी, बाकी सारा काम तो मैं घर से भी देखती रहूँगी, फिर उदय खन्ना को रखने की क्या जरूरत थी? मेरे अपने कुछ नियम हैं, उन्होंने तो फैशन के नाम पर कोरी आधुनिकता परोस दी है बस।"

"तो क्या फर्क पड़ता है बहू?" मुक्तेश्वर ने अविचलित भाव से कहा, "बिकना तो आखिरकार सब एक ही बाज़ार में है। जिसे तुम कला कहती हो, उसके ग्राहक भी तो वही लोग हैं, जिनकी 'कोरी आधुनिकता' तुम्हें पसंद नहीं, क्यों?" कहते-कहते एक विद्रूप सी मुस्कान मुक्तेश्वर के होंठों पर खेलने लगी थी।

प्रिया को लगा कि वह अपने ससुर से नहीं, पूंजीपति वर्ग के उस अधिपति से बात कर रही है, जो खरीदफरोख्त की दुनिया से बाहर कोई मोल, कोई तोल नहीं समझता। उन्हें कुछ भी समझना न तो आसान है, न ही संभव। चुपचाप अपने कमरे में लौट उसने अपने आप से एक वादा किया। अब वह काम, फैक्टरी, कपड़े, किसी संबंध में किसी से कोई बात नहीं करेगी। इतनी हाई क्लॉस, अपर सर्कल सोशलाइट्स को वह जानती है। सबकी सब अपने हीरों की चमक से चुंधियाती, जीवन की तेज़ डगर पर मर्सिडीज़ और शेवरले में दौड़ लगाती एक-दूसरे से आगे बढ़ने की होड़ में सरक रही हैं। अब उनमें एक इजाफा और सही। नहीं चाहिए प्रिया मेहता को किन्हीं भटकते हुए सपनों का तानाबाना। वह

खुश रहेगी प्रियंवदा काबरा का लबादा ओढ़े, एक खुशनुमा हकीकत को जीने का अभिनय करते हुए...... सोचते-सोचते उसकी आँखें भर आयीं।

चीनू को पालने पर लिटा उसने पंलग पर फैले कपड़े समेटे। शाम को जितेन के एक मित्र के यहाँ न्यू इयर पार्टी थी। अपनी ही डिजाइन की हुई लाल हरी बंधेज लपेट कर एक सादा सा पशमीना उसने कंधे पर डाल लिया। जितेन हमेशा की तरह खुशगवार मूड में उसकी सोच से अनभिज्ञ गाड़ी दौड़ा रहा था। बालों की लटें उड़-उड़ कर प्रिया की आँखों को ढक लेतीं, वह झुंझला कर उन्हें पीछे करती, अंततः उकता कर उसने जूड़ा खोल डाला।

कमर तक नीचे फैले बाल, साड़ी पर झूलता शॉल, और रंगीले बंधेज की ढीली-ढाली चुन्नटें, कुल मिला कर एक उदास सी पेंटिग का रूप। पार्टी में सभी ने उसे हाथों हाथ लिया। सरोज खन्ना हमेशा की तरह उसकी ड्रेस सेंस पर फिदा थीं, "तुम ऐसे ही हमेशा कैसे चमक जाती हो? कुछ भी बाँध लो-तुम्हें तो सभी कुछ सुहाता है।" प्रिया की दबी-दबी मुस्कान सुनते हुए भी सब अनसुना कर रही थी।

"अबकी बार गर्मियों में मुझे ठीक ऐसी ही बाँधनी और दो लहरिया तुमसे चाहिए। देखो न मत करना। अब तो किसी और बुटिक की तरफ देखने को जी भी नहीं करता।"

"पर मिसेज खन्ना......" प्रिया ने उन्हें समझाना चाहा, "अब तो चिरायु वैसे ही मुझे समय नहीं देता। यह सब तो अब छूट सा गया है।"

"अरे छोड़ो, यों कहो कि खुद ही सबसे सुंदर लगना चाहती हो, क्यों? भई तुम वैसे ही मेनका हो कर जन्मी हो, हमें तुम्हारी साड़ियों की ज्यादा जरूरत है, अब इतने नखरे भी न करो।"

प्रिया से न कहते न बना और चल निकला फिर से एक सिलसिला। सरोज खन्ना से शमा कपूर, उससे आगे खुर्शीद खान और प्रीति डालमिया, सभी ने उसके बनाये कपड़ों को हाथों हाथ लिया। प्रिया की सोई कला फिर खिल उठी और जाने-अनजाने मिली प्रंशसा के छींटे

उसे और महकाते चले गए। मुक्तेश्वर काबरा जान ही न पाए कि कब उनके घर-आँगन की दीवारों में एक नयी 'महक' रच बस गयी। यही था प्रिया के नए बुटीक का नाम, जो उसने 'मुक्तेश्वर भवन' की एनेक्सी में खोल डाला। वहीं से उसका काम इतना फैला कि अब उसे किसी के भी सहारे की आवश्यकता न रही। 'महक' के कपड़े प्रिया की सहेलियों के परिवारों तक ही सीमित न रह कर प्रत्येक फैशनेबल महिला की वॉर्डरोब तक जा पहुँचे और खुदबखुद उसके पैर अपनी जमीन पर जमते चले गए।

यहाँ तक कि घर की एनेक्सी से हट कर उसने एक अलग जगह ले डाली और अपने बूते पर उसे चलाने के लिए कमर कस ली। कुछेक आवेगों के उपरांत मुक्तेश्वर का विरोध भी शांत हो गया, पर अब हवा का रुख दूसरी ओर से पलट गया। जितेन को लगता कि अपने बल पर काम चला कर प्रिया ने उसके पिता की तौहीन की है और प्रिया की लाख दलीलें भी उसका मन साफ न कर पायीं। अगर कहीं कुछ था, जो उसे आगे बढ़ने की प्रेरणा देता, तो वह था उसके प्रशंसकों और ग्राहकों का उत्साह, जो हर पल उसके डगमगाते आत्मविश्वास को किसी एंकर की तरह संभाले रहता। चिरायु भी पल-पल बढ़ता उसके सपने की भाँति पनप रहा था और प्रिया के पास करने को इतना कुछ था कि जितेन चाह कर भी उसके मानस पर हावी न हो सका।

आज भी सरोज खन्ना ने इसलिए फोन किया था कि उसे चीनू के लिए एक आया की सख्त जरूरत थी। घर पर कोई इंतजाम न होने की वजह से वह उसे अपने संग ही ले आती थी। आज भी सुबह जितेन से हुई कहासुनी उसे अनमना किए दे रही थी, "तुम्हें तो अब सिर्फ अपने काम का जुनून है बस, किसी दूसरे पर क्या बीतती है, क्या फर्क पड़ता है?"

जितेन के कहे शब्द उसके कानों में सीसा सा घोल रहे थे। हार कर वह भी कह बैठी थी, "मेरे काम से इतनी तकलीफ है, तो फ्रिक मत

कीजिए। नवंबर तक शादियाँ निबट जाएँगी। कोशिश करूँगी कि कोई नया प्रोजेक्ट न लूँ।"

"रहने दो प्रिया," जितेन ने फिर उसे शब्दों की मार मारी थी, "पहले मैं सोचता था कि पिता जी बेकार तुम्हें रोकते हैं। अब मुझे लगता है कि वही ठीक थे। आखिर कमी क्या है इस घर में, जो तुम बाहर धक्के खाती फिरती हो। कभी सोचा भी है, इसका हमारे रसूख पर कितना अजीब असर पड़ता है,'' जितेन की ऊँची होती आवाज में प्रिया को मुक्तेश्वर काबरा की ही गर्जना सुनाई दे रही थी। बंधन की सही परिभाषा आज उसे समझ में आ रही थी।

घर पहुँची, तो सरोज खन्ना की भेजी आया ने ही दरवाजा खोला। सत्रह-अठारह वर्ष की आयु, कालिमा को मात करता गहन साँवला रंग और उससे भी काले लम्बे-लम्बे बाल। हाँलाकि आँखों की पुतलियाँ आश्चर्यजनक रूप से सफेद थीं। "माँ जी बोला, आप ही होगा," उसी ने चुप्पी तोड़ी और प्रिया का बैग पकड़ लिया।

"नाम क्या है तुम्हारा?"

"सुजाता" हल्की सी हँसी उभरी।

"बँगाली हो?"

"हाँ", कहते-कहते उसने चीनू को गोद में ले लिया, "हमारे पास रहना, मम्मा गंदी, है ना?"

"देखो, ठीक से बाबा को रखना और किसी बात की चिंता मत करना।"

सुजाता की गर्दन बगुले सी हिली और वो चीनू को लेकर अलोप हो गयी। प्रिया के दिल से एक बोझ सा उतर गया। एक चिंता मिटी तो फिर जितेन की बातें दिलो-दिमाग पर हावी होने लगीं। शायद वह भी वक्त के साथ बदल जाए। बेवजह सोचों के गट्ठर को पटक उसने घर की कमान संभाली। सुजाता के संग रोज़मर्रा के काम आसान होने लगे। चीनू तो हफ्ते भर में उससे यूँ घुल-मिल गया मानो उसी का सगा हो।

प्रिया को कभी-कभी लगता कि लड़की बहुत कम बोलती है पर उसे खोलने के प्रयास भी वह एक ही धक्के से बंद कर देती।

"हिंदी कम आता", कहते हुए उजली, धवल दन्तपंक्ति लम्बी सी मुस्कान में फैल जाती और प्रिया चुप। यंत्रचालित सी साड़ी का फेंटा कमर में बाँधे सुजाता दिन-भर चीनू के पीछे-पीछे साये सी डोलती, कभी गोदी में झूला झुलाती व बंगाली लोरियाँ सुनाती, पर प्रिया चाहकर भी उसे हिंदी सीखने को प्रेरित नहीं कर पायी। "काम तो ठीक करता हम, फिर क्या सीखना होता?" उसके भोले सवाल पर प्रिया का बस न चला। उसने तो एक तरह से उस पर सब छोड़ ही दिया था। फिर एक दिन शाम को उसने देखा सुजाता की आँखें कुछ सूजी सी हैं। कुरेदने पर पता चला, उसकी तबीयत ठीक नहीं। चीनू को सुला प्रिया ने उसके कमरे में झाँका तो पाया कि उसका खाना भी जस का तस पड़ा है।

"सुजाता," प्रिया का हाथ उसके गरम माथे पर पड़ा, तो वह चौंक उठी, "तुम्हें क्या तकलीफ है, मुझसे कहो तो।"

"ना दीदी हम क्या बोलें? हम नहीं बोल सकता,'' कहते-कहते उसकी रुलाई फूट पड़ी। फिर आँसुओं और सिसकियों के बीच जो उसने बताया उसे सुनकर प्रिया की रूह काँप गयी। पूर्वी बंगाल के किसान परिवार में जन्मी सुजाता को उसके गरीब माँ-बाप ने बचपन में ही एक रिश्ते के मामा से ब्याह दिया था। मामा की अधेड़ बाँझ पत्नी के अत्याचारों से तंग आकर वह कोलकाता चली आयी। वहाँ एक फैक्ट्री में काम करते-करते एक रिक्शावाले ने उसे शादी के लिए मना लिया पर कमाऊ बीबी पाकर रिक्शा खींचना उसे सुहाया नहीं। और वह दिनों-दिन शराब की गर्त में डूबने लगा। तंग आकर सुजाता ने उसे भी छोड़ने की ठान ली। पर तब तक वह एक बेटी की माँ बन चुकी थी। "मुझे बोला कि पैसे दो, नहीं तो उसे भी बेच दूँगा," बोलते-बोलते उसकी हिचकियाँ भर आयीं। "हम बोले दिल्ली में काम मिलता, हम तुम्हें पैसे भेजेगा, बच्ची दे दो पर नहीं माना। अब कहता है बच्ची कहीं

चली गयी। उसने हमारी बेटी को बेच दिया दीदी, हम मर जाएँगे," कहते-कहते सुजाता प्रिया के पैरों से लिपट गयी।

"अब तुम क्या चाहती हो?"

"हम कोलकाता जाएँगे। उससे पूछेंगे हमारा बेटी किधर है हमें लाकर दो" कहते-कहते सुजाता फ़िर ज़मीन पर लोटने लगी। प्रिया के हाथ उसके हाथों पर धरे थे, उसे कसकर किसी तरह उसने चुप कराया। फिर बच्चे की तरह पुचकारने लगी। सुजाता को छाती से लगाए उसे लगा जैसे वह फिर से माँ बन गयी हो। उसके बिखरे बाल समेटते हुए उसने मन ही मन यह निश्चय किया कि इस माँ के दुख को वह अपनाकर ही छोड़ेगी। आज तक उसने अपने ही दुखों के बंधन मन प्राणों पर बाँधे हैं। आज इस पराये दुख को अपनाकर वह पुरुष प्रधान समाज से कहेगी कि अबला नारी वही है, जो अपना बल अपने पुरुष साथी के बल में ढूँढती है। सबला होने के लिए बस एक बार बच्चे को छाती से लगा कहने की जरूरत भर है कि आओ और अपने बल से इसे सींचो। फिर अपने आप सारे समीकरण बदलते जाएँगे। पहले मुक्तेश्वर काबरा, जिन्हें उसकी अलग अभिव्यक्ति पसंद नहीं, फिर जितेन काबरा जिसे पत्नी का पत्नीत्व भाता है, व्यक्तित्त्व नहीं, और अब यह बटुक हालदार, जो सुजाता से जीने का हक भी छीन लेना चाहता है। इन सब का एक ही रोना है, जैसे हम कहते हैं वैसे जियो। अब सुजाता को मुक्तिमार्ग प्रिया मेहता दिखलायेगी। उसे अपनी तरह जीने का हक देकर। "तुम चिंता मत करो। हम कोलकाता जाकर बटुक को गिरफ्तार करायेंगे। तुम्हारी बेटी भी मिल जायेगी। पहले खुद को संभालो। खुद से वादा करो कि हार नहीं मानोगी।"

सुजाता की बड़ी-बड़ी आँखें प्रिया पर टिकी थीं जैसे पूछ रही हो, ''सब कैसे ठीक होगा?'' "ठीक होता नहीं पगली," प्रिया बोल उठी, "ठीक करना पड़ता है। जीने कोई नहीं देता। जैसे बच्चा माँ के गर्भ से बाहर आने को संघर्ष करते-करते अपना मार्ग बनाता है, ठीक वैसे ही

हमें भी बनाना पड़ता है। हम औरतें तो वैसे भी घर बनाती ही आई हैं, घर हमें कभी बना-बनाया नहीं मिलता।"

प्रिया की बातें सुजाता समझे न समझे, द्वार पर खड़ा जितेन अवश्य समझ गया था। प्रियंवदा के मुक्तिमार्ग की राह अब दुरूह नहीं होगी, क्योंकि उस मार्ग से अन्य सुजाताओं को भी राह मिलनी है। यह समझते हुए उसने प्रिया के कंधे पर हाथ रखा, "हाँ प्रिया, तुम इसे समझाओ, फिक्र न करे। हम कोलकाता जरूर चलेंगे।"

16

सुंदरवन के छोर पर

सुंदरवन के गहरे, घनेरे पानी पर एक सुनहरे ड्रैगन की शक्ल का वह जलपोत धीरे-धीरे लहरों को चीरकर आगे बढ़ रहा था। गहरे बाँस के प्राचीर पानियों के प्रहरी बन किनारों पर खड़े थे। पोत के मध्य में था एक अलग, रंगीला संसार, जहाँ कुछ सैलानी परिवार संसार के सबसे विशाल प्राकृतिक डैल्टा को देखने, अनुभव करने का प्रयास कर रहे थे। किताबों और टीवी के लुभावने आवरण से परे, प्रकृति जब अपने नितांत, अनावृत रूप में सामने आती है तो कभी-कभी दृष्टि को सहमा देती है।

कुछ ऐसा ही लगा था रूना चैटर्जी को, जब पहले-पहले सुंदरवन से निगाह मिली। कलकत्ता से एक छोटी सी जेटी पर्यटकों को ले जाती है भीतर, उस गहन, अचूक अनुभव में जहाँ व्यक्ति भीड़ में होकर भी अकेला खड़ा होता है - हर पल नैया के झकझोरे हिला देते हैं - पल-पल जीवन की क्षणभंगुर अवस्थाओं को जिलाते हुए। रूना और शुभेन्दु ने अपने मित्रों के आग्रह पर सुंदरवन को चुना था-अपने विवाह की सोलहवीं वर्षगांठ मनाने के लिए। रूना का प्रकृति-प्रेमी मन हर्षित भी हुआ और हैरान भी- शुभेन्दु को साल्ट लेक के आभिजात्य से दूर जाना कभी सुहाया ही न था। रूना ने बचपन के सारे पाठ पति धर्मी बनने में बड़ी कठिनाई से बिसराए थे। दुर्गापुर के छोटे शहर ने उसे गाँव

से, गँवईपन से प्रेम करना ही सिखलाया था। प्रकृति को अपने घर की क्यारियों में, मुंडेरों पर, छत पर, सहेजते-समेटते ही बड़ी हुई थी वह। पर शुभेन्दु की डगर पर चलना उसके विवाहित जीवन की ऐसी मजबूरी थी कि पति के संग पति की प्रत्येक पसंद नापसंद को भी तन-मन पर लपेट लिया था रूना ने।

आज, लेकिन इस जलयान के डैक पर खड़ी एक विचित्र अनुभव से गुजर रही थी। पानी, ठंड, हवा और हरियाली-रूना का तन-मन इसी नशे में डूबता उतरता एक अलग ही संसार में था। अचानक एक कर्कश सी आवाज उसके कानों में पड़ी।

"मैंने कितनी बार कह दिया कि मेरी चीजें मत छेड़ा करो, आखिर समझ कब आएगी तुम्हें?"

रूना ने चौक कर पीछे देखा, अंदर के कमरों से एक तीस-बत्तीस साल की महिला बाहर निकली, साड़ी के पल्ले से आँखें पोंछते हुए। गोरा, गदबदा शरीर, भूरी आँखें लंबे बाल-सामान्य भारतीय मापदंडों से तो सुंदर ही कही जा सकती थी। एक पल को रूना की अपनी छवि उसके मन में उभरी-नारी हर सौंदर्य को अपनी सुंदरता की कसौटी पर क्यों कसती है भला? उसका अपना रूप विशुद्ध बंगाली था। बड़ी-बड़ी काजल भरी आँखें-साँवले मुखड़े पर जड़ी, हमेशा अपनी पलकों के भार से भारी लगती थीं। बंगाली बाला के बाल घुंघराले थे, जो बंधे होकर भी मुख पर लहराते रहते। अपनी जन्मगत कमज़ोरियों को अपने अभिजात्यपूर्ण रखरखाव से ढक लिया था रूना ने। सुरुचिपूर्ण तांत और ढाकाई साड़ियाँ ही उसपर फबतीं-सोने-चाँदी की अपेक्षा रंग-बिरंगी मोती या सीपियों की माला गले में सजी रहती, हाथ में रहते विशुद्ध हाथीदाँत के स्वर्णजटित शाखा-पौला। आईना उससे हमेशा कहता-'तुम बेहद आकर्षक हो-एक बार देखकर देखने वाला दोबारा अवश्य पलटेगा। पर क्या वाकई ऐसा होता था? रूना ने एक ठंडी सांस ली। शुभेन्दु का प्रेम बाँध तले बहती एक अनुशासित नदी का था, ज्वार भाटे

की उत्ताल तरंगों के लिए उसमें कोई गुंजाइश नहीं थी। रूना का सौन्दर्य या सलीका, उसके स्वभाव की कलात्मक छवियाँ, उसकी पेंटिंग्स, कुछ भी ऐसा न था जो शुभेन्दु की आँखों में मोह बनकर उतरता। न ही रूना में थी वह स्त्री सुलभ कोमलता, जो पुरुष के अहं को घुटने टेककर जीत लेती है। एक उद्दाम ज्वाला सी, वह अपनी लपट में जलकर ही संतुष्ट थी। कुछ गहरी होती सांसों ने रूना का ध्यान भंग किया। साथ खड़ी उस महिला की आँखें भरी-भरी थीं। रूना की मुस्कुराहट का जवाब उसे मुस्कराकर ही देना पड़ा।

''आप ठीक तो हैं?''

''जी, बिल्कुल। कुछ खास नहीं।

चलता रहता है यह सब।"

रूना समझ गई उसका इशारा किस ओर है। उसने ध्यान से देखा, एक आम, मध्यवर्गीय भारतीय महिला थी वह। प्रिंटेड नायलॉन की साड़ी, कसे, चोटी बंधे बाल, गहरा मेक-अप।

''घूमने आई हैं?'' शिष्टाचारवश रूना ने पूछा।

''जी हाँ'', अचानक ही उसके गोरे मुख से उदासी छूमंतर हो गई।

''वैसे तो पटना से निकलना होता नहीं है, पर इस बार प्रोग्राम बन ही गया।''

''सुंदर जगह है न?'' बातों का सिलसिला चल ही पड़ा।

''हाँ जी, ठीक ही है। पर देखिए न, इतना पानी पर घूमना सिर पर सवार हो गया है। हर समय चक्कर, जी घबराना-मैं तो अब किनारे लगना चाहती हूँ।''

रूना को हँसी आ गई। सच में, इस 'वॉटर सफारी' ने उसे भी थका डाला था। पर क्या करें, अब तीन दिन से पहले मुक्ति नहीं थी। शाम को सब डिनर हॉल में एकत्रित हुए, तो उसकी नज़र उसी जोड़े की ओर उठ गई। पति अधेड़ उम्र का तो था पर अपने रखरखाव और चाल ढाल

के प्रति बेहद सतर्क। सावधानी से, छुरी कांटे का प्रयोग कर, चावल चुगता हुआ, अपनी पत्नी से बेहद अलग लगा रूना को। पत्नी का परम उद्देश्य दोनों बच्चों के पेट में अधिक से अधिक खाना ठूँसना ही था। ओफ! अचानक ही मनु की याद आई रूना को। उसका बेटा, जिसे छः वर्ष का होते ही शुभेन्दु ने दार्जीलिंग, बोर्डिंग में भेज दिया था। उसका मातृत्व कभी सूटकेस पैक करने या छुट्टियाँ प्लान करने से आगे बढ़ ही नहीं पाया। खाना भी, शुभेन्दु की जिद होती, मनु डाइनिंग टेबल पर सबके साथ ही खाए। रूना के हाथ या साड़ी कभी बेटे की जूठन से सने ही नहीं।

उन्हें देखते-देखते रूना को ध्यान ही नहीं रहा कि वह शख्स भी उसे ही निहार रहा है।

"अरे, मिसेज़ चटर्जी," उसकी पत्नी ने उत्साहपूर्वक उसकी ओर प्लेट बढ़ाई "आइये न। आज मलाई कोफ्ता भी है। लीजिए न!"

रूना को आज मैरून सिल्क में लिपटी, वह स्वयं एक कोफ्ते सी गोल-मटोल लग रही थी। उसके पति की प्रशंसा भरी निगाहें किंतु उस पर नहीं, रूना पर अधिक थीं। वह असहज हो उठी। उसने अपनी प्लेट ली, और शुभेन्दु की ओर बढ़ गई। खाते-खाते रूना की सोचों का सिलसिला बीते कुछ सालों की तरफ मुड़ चला। मनु के बोर्डिंग जाने के बाद उसने एक फर्नीचर बुटीक शुरू किया था-न समय की कमी थी, न इन्वेस्टमेंट की। धीरे-धीरे कोलकाता के अपर सर्कल में काफी लोकप्रिय हो चली थी वह। पर फिर भी, कहीं कुछ कमी लगती थी रूना को। उसकी नज़रें शुभेन्दु की ओर उठीं। सिगार मुँह में दबाए वह अपनी वीडियो काल में खोया था। क्या था जो उसे नहीं मिला था शुभेन्दु से? वही, जो उसने हर किसी की आँखों में पाया था। प्रशंसा, ईर्ष्या, प्रोत्साहन-क्यों? क्यों जरूरी था पति की आँखों में यह सब होना?

रूना को चाहकर भी यह जवाब कभी नहीं मिला था। वह कभी-कभी सोचती, उसके जीवन की नैया अगले किस पड़ाव की

तरफ बढ़ रही है? अपनी मेडिटेशन क्लास में वह जब भी ध्यान लगाती, उसकी आँखों में बचपन की बीती यादों के चेहरे उभरने लगते। घर की सादी, सुथरी जिंदगी, स्कूल के दिन, सहेलियों से जीतने की होड़-सबके बीच शुभेन्दु या मनु कहीं नहीं होते। मेरा वर्तमान मेरी सुहानी ज़िदगी से क्यों दूर नज़र आता है? किस खोज में बेचैन है यह सजी-सँवरी, बाकायदा, कदम-दर-कदम संभाली गई जिंदगी? क्यों आज भी किसी की आँखों में झलकती प्रशंसा उसे प्रसन्न कम, अपदस्थ ज्यादा कर देती है। मन मान ही नहीं पाता कि वह वाकई इस तारीफ की हकदार है। उसे अचानक ध्यान आया, शुभेन्दु ने कब आखिरी बार उसकी किसी बात की तारीफ की थी-शायद जब उसके बॉस रूना की बुटीक पर कुछ देखने आए थे। ''आप देखिए न सर, शी हेज़ पुट अप अ परफेक्ट कॉम्बिनेशन ऑफ टेस्ट ऐंड ट्रैन्ड।'' रूना के कान लाल हो उठे थे। क्या वाकई उसके पति को उसके काम की इतनी कद्र थी, सोचते-सोचते उसने फिर देखा, उस महिला के पति की आँखें अब भी उस पर जमी थीं। कोफ्त हो आई रूना को। क्या पुरुष की नज़रें बस नारी को टटोलने के लिए बनी हैं? उठ कर कुछ कह पाए इससे पहले ही, वही डैक वाली गौरांगना प्रकट हो उठी।

''आप तो कुछ खाती ही नहीं मिसेज़ चैटर्जी। अरे, हम भी क्या कह रहे हैं-जो खाती होतीं, तो ऐसी छरहरी काया कहाँ से होती?'' कहकर फिक्क से हँस पड़ी वह।

रूना को लगा, इन पति-पत्नी का परम ध्येय उसके बदन का घेरा नापना ही है। उठकर पूल की तरफ चल पड़ी वह। बाहर सागर की लहरों का धीमा नृत्य, अंदर इस छोटे से ताल पर झूमता रोशनियों का संगीत। खो सी गई रूना इस जादुई माहौल में। पूलसाइड पर बैठी वह एक पुराना गीत गुनगनाने लगी। आँखें बंद कर, पानी में पैर डाल कर बैठना बेहद भला लग रहा था।

''कितना सुंदर गाती हैं आप।''

चौंक पड़ी रूना। आँखें खोलीं, तो वही, उसी महिला का पति सामने खड़ा था।

"आपकी आवाज़ दूर तक फैल गई है। एकदम इस रात के जादू की तरह।"

रूना को एक अनजाने डर ने आ घेरा। ओफ! इस व्यक्ति से कैसे छुटकारा मिले।

"देखिए, न तो मैं आपको सुनाने के लिए गा रही थी, न ही किसी और को। बेहतर हो, आप चले जाएँ यहाँ से।"

"क्यों, आपको अन्य स्त्रियों की तरह अपनी प्रशंसा सुनना अच्छा नहीं लगता? अजीब बात है!" एक विद्रूप सी मुस्कान उसके होंठों पर खेल गई। उसके जाने पर न चाहते हुए भी रूना उसकी पीठ की ओर निहारती रही। आखिर क्या कहना चाह रहा था वह, क्या हुआ अगर तारीफ के दो बोल एक अजनबी पुरुष ने बोल दिए तो? अजीब सी हलचल रूना के तन-मन को मथने लगी। हाँ, क्यों अच्छा नहीं लगा उसका तारीफ करना? क्यों शुभेन्दु के सिवा किसी दूसरे पुरुष की दृष्टि मात्र से सहम जाती है वह? शुभेन्दु तो दूसरी महिलाओं की कम्पनी में खिला-खिला हो उठता है। एक दूसरा ही रूप नज़र आता है तब उसका। पर यह?

अपने कमरे में वापिस आकर रूना ने पति को फिर लैपटॉप पर व्यस्त पाया। एक ठंडी उसांस भरकर लेट गई वह। अच्छी सालगिरह मन रही है यह। अलग-अलग दो छोरों पर, दो ध्रुवतारों की तरह, दो मुसाफिर एक ही सफर पर बढ़े चले जा रहे थे। सफर भी शायद एक नहीं रहा था अब। करवटों में रात कब बीती, जान ही नहीं पाई वह।

सुबह हुई तो उनके गाइड ने आखिरी दिन के प्रोग्राम से परिचित करवाया। आज गहन बाँस के जंगलों से गुजरता उनका जहाज़ ढूँढने वाला था वे सभी आश्चर्य, जो सुंदरवन के हृदय में छुपे थे। रूना ने भी

भावनाओं से उमड़ते मन को शांत किया और जहाज की रौनक में खोने का प्रयास करने लगी। 'रॉयल बंगाल टाइगर' को देखने का रोमांच सभी के चेहरों पर नाच रहा था।

सागर का घुप्प अंधेरा घने होते जंगलों के बीच घुलता जा रहा था। अजीब गहमागहमी मची थी। जहाज़ पर सब रहस्यमयी 'श्वेत बाघ' को ढूंढने में लगे थे जिसे जंगल की हरियाली ने अपने हरे आंगन में छुपा रखा था। रूना के कदम भी इस सारी भीड़ के बीचों-बीच अपनी जमीन तलाशने में लगे थे। वह चाह रही थी कि शुभेंदु का हाथ थाम ले, पर पता नहीं वह कहाँ गुम था। थोड़ी सी रोशनी हुई तो उसने देखा अपने बाइनॉकुलर आँखों पर लगाए वह किसी और ही नज़ारे को ढूँढने में मग्न था। रूना न चाहते हुए भी मायूस हो उठी। क्यों वह बार-बार उसी कंधे को तलाशती है जो उसके लिए खाली ही नहीं। अपने पैर, अपनी आँखें काफी नहीं क्या राह दिखाने के लिए?

"अरे अरे, मिसेज़ चैटर्जी, आप तो उल्टी दिशा में जा रही हैं, वह देखिए-वह पीली झाड़ियों के पीछे-अरे वाह!! दिख गया वाइट टाइगर" -बच्चे जैसी उल्लास भरी आवाज़ उसी की थी-रूना ने देखा-एड़ियों पर खड़ी वह गोरे चेहरे वाली महिला खुशी से चमक रही थी। एक पल को मुस्कुरा दी रूना- 'कितनी मासूम है यह खुशी,-किसी की मोहताज नहीं, किसी का मुँह न जोहने वाली, पल-पल, नन्हें बच्चे की तरह उमड़ पड़ने वाली।

"अरे, आप यहाँ क्यों खड़ी हैं?" एक और आवाज़ उभरी-"यहाँ, इस तरफ आइये न- बहुत अच्छा व्यू है इधर"-ये उसी महिला के पति महाशय थे। रूना को लगा, जैसे ये सभी आवाजें उसका हाथ पकड़ने को बेताब हैं, और वह न जाने किस झूठे दंभ में इन सबको नकार कर उसे ढूँढने में लगी है जो शायद कहीं है ही नहीं। क्यों ठुकरा रही है ये सभी आमंत्रण-किस झूठे दिखावे में? कि केवल शुभेन्दु को ही पकड़ना चाहिए उसका हाथ, केवल वही उसके साथ, उसके सन्निध्य

का अधिकारी है? वह शुभेन्दु जिसे शायद यह याद भी नहीं रहता कि रूना ने उसके इंतज़ार में कुछ खाया है या नहीं?

रूना ने चुपचाप उन आवाज़ों की दिशा में कदम बढ़ा दिए। उसके गालों से लगभग सट गया उस भोली सहयात्रिणी का गाल, जो उसे 'वाइट टाइगर' के दर्शन कराने पर आमादा थी। उसके पति की मुग्ध मुस्कान ने रूना को भी मुस्कुराने पर मजबूर कर दिया। यह दो पल का साथ, दो पल की मोहिनी–क्या बुरी है अगर दिल को इतनी खुशी और इतना सुकून बख्शती है तो.... इन मधुर पलों के सहारे वह आगे के कई कांटेदार मोड़ पार कर लेगी। ढूँढने दो शुभेन्दु को अपने मनचाहे नज़ारे। रूना को उन आँखों ने तलाश लिया था, जिन्हें उसकी तलाश थी।

17

रहिमन धागा प्रेम का

आसमान पर छायी शाम की लाली रात के अंधेरों से गले मिल रही थी। दिसंबर की ठंड ने खिड़कियों पर दस्तक देनी शुरू ही की थी। और ऐसी ही एक खिड़की से चोरी-छुपे अंदर आती हवा ने सुरैया की सलीके से सजी मेज के तमाम कागज़ तितर-बितर कर डाले। अपने ख्यालों में डूबी वह चौंकी, फिर कुछ सोच कर वहीं बैठी रह गयी। कागज़ हैं, बिखर गए तो थोड़ी देर बाद सिमट ही जाएंगे, पर जिंदगी के जो लम्हे टूट-फूट कर बिखर गए, उन्हें किस तरह समेटा जाए? सोच-सोच कर उसकी आँखें बरस पड़ती थीं। अभी कुछ घंटे पहले ही की तो बात है, इसी कमरे में सामने की कुर्सी पर उसकी सास बेगम शौकत खान बैठी थीं। उन्नीस बरस बाद उससे मिलने आयी थीं वे, उसके फर्ज और वादे की दुहाई देने, उसे उसके रौशन इस्तकबाल से मिलवाने।

"जुबैर को अपने किए का बहुत पछतावा है बेटी। एक बार की भूल को तो अल्लाह भी माफ़ कर देता है। तुम उससे मिलोगी, तो खुद ही समझ जाओगी। हालात और किस्मत इंसान की अक्ल पर परदा डाल देते हैं और ज़िंदगी कुछ की कुछ हो कर रह जाती है।"

सुरैया ने बिना कुछ कहे उनके आखिरी लफ्जों को अपनी साँसों में जज़्ब होता हुआ पाया। हालात और किस्मत! कितनी आसानी से इंसान

अपने किए को हालात और किस्मत के सर कर देता है और न तो खुद को धोखा देने से हिचकता है, न ही अपनों को। जुबैर और उसका रिश्ता एक ख़ूबसूरत धोखा नहीं, तो क्या था। एक तेज़ हवा का झोंका, जिसने उसकी अल्हड़ बेपरवाह ज़िंदगी की वक्त के थपेड़ों के सुपुर्द कर दिया था।

सत्रह बरस पूरे होने पर अपनी अम्मी से चाँदी के कड़े लेने को झगड़ती सुरैया को जुबैर की एक दूर की रिश्ते की ख़ाला ने देखा था। वे अचानक ही उसे जुबैर के लिए मांग बैठी थीं। सुरैया थी भी ऐसी कि देखने वाला दोबारा देखने की चाहत कर बैठे।

गोरेपन की झलक देता बादामी रंग, मोटी-मोटी सुरमेदार आँखें, लंबे स्याह काले बाल और सबसे अलग, भोलेपन की आब से रोशन सरापा।

"अब तो हम तुम्हें सोने के कड़े भिजवाएंगे बिट्टो रानी। जुबैर की अम्मी पहनने वाली का मुखड़ा देखेंगी, तो बाग-बाग हो जाएंगी।"

"पर हमारा और उनका क्या जोड़ बी अम्मा?" सुरैया की माँ अनीसा बेगम का डर वाज़िब था। उनके शौहर मलीहाबाद में आम का मौसमी व्यापार करते और बाकी साल खेतों की औनी-पौनी पैदावार का मुँह जोहते। जबकि जुबैर का घराना लखनऊ के जाने-माने रईसों में एक था। अनीसा बेगम नहीं चाहती थीं कि महल से रिश्ता जोड़ कर उनकी झोपड़ी को पछताना पड़े। पर खाला बी के आगे उनकी एक न चली।

"अरे, जोड़े तो आसमान पर खुदा बना कर भेजता है बेटा, हम-तुम तो बस उसके लिखे नसीबों को अंजाम देते हैं। और नवाब सैयद नूर-उल रज़ा को तुम रिवायती रईस न समझो। वे पुराने जौहरी हैं, हीरे की कद्र करना जानते हैं, चाहे वो किसी गरीब के दामन में ही क्यों न जड़ा हो।"

अनीसा बी को वाकई सुरैया के ससुर की तहज़ीब और उनकी बेगम की सादगी ने जीत लिया था। अपनी नवाबी आन-बान के सच्चे सोने को उन्होंने बड़ी ही नज़ाकत से सुरैया के सुपुर्द करते हुए कहा थे,

"बेटियाँ दी भी जाती हैं बेगम साहब, और ली भी जाती हैं, पर लेनेवाले की जिम्मेदारी देने वाले से ज्यादा होती है। इतने बरस आपने संभाला, अब हमें अपनी ज़ीनत सँवारने का मौका दीजिए।"

परदे की ओट से जब सुरैया ने ये लफ्ज़ सुने, तो उसने मन ही मन उन अनदेखे बुजुर्ग को तहेदिल से सलाम किया था और फिर उसके बाद तो वक्त एक रेले की तरह उसे बहा ले गया था। जुबैर के माँ-बाप ने मँगनी वगैरह के झंझट के बिना सीधे निकाह की ही माँग की थी। मेंहदी के दिन आया आँखें चुंधिया देनेवाला नेग-ख़ालिस हीरे और पन्ने जड़ा रानी हार, ज़रदोजी के काम से लकदक लहंगे-गरारे, रेशम की चूड़ियाँ और सुनहरे दबके के काम से जड़ा शादी का जोड़ा। सुरैया की सभी सहेलियों को उसकी किस्मत पर रश्क हो आया।

पर सुरैया के अपने दिल को अनचाहे डर घेरे हुए थे। सबने अपने मन की कर ली, पर जिसके साथ उसकी डोर बंधने जा रही थी, जाने उसकी मर्जी भी उसमें शामिल थी या नहीं। पर जानने का कोई ज़रिया उसके पास नहीं था, सो रात-दिन दुआओं में ही हाथ उठे रहते।

दुल्हन बनते-बनते इन्हीं सोचों में पीली पड़ी सुरैया का रूप ग़ज़ब का निखर आया था। न चाहते हुए भी जुबैर मियाँ अपनी इस नाज़ुक सी हमसफ़र पर बेहद नरम हो चले थे। सेहरे की ओट से उन्होंने देखा, तो देखते ही चले गए। उनकी सारी आशंका, माँ-बाप की जल्दबाजी पर गुस्सा, ख़ाला बी पर झुंझलाहट सब गायब हो गयी। रह गया तो एक बैचैन सा अहसास, एक मज़बूत इरादा कि सुरैया को जमाने की हर खुशी से नवाज़ना है बस। लखनऊ पहुँच कर उन्होंने इसे बखूबी अंज़ाम भी दिया था। बुरके की कैद से सुरैया को आज़ाद कर उसे शहर का चप्पा-चप्पा घुमा डाला था। इमामबाड़ा, भूलभुलैया, सहेलियों की बाड़ी, हजरतगंज-वे सभी जगहें जो सुरैया के लिए बस सुनी-सुनायी थीं, अब बेहद जानी-पहचानी और अपनी सी लगने लगी थीं। इस सब पर भी जब जुबैर मियाँ का जी न भरा, तो वे उसे पाकिस्तान ले उड़े थे।

लखनऊ वापस आ कर सुरैया ने अपनी सारी तवज्जो, सारी ख़िदमत अपने सास-ससुर और जुबैर की ख्वाहिशों के नाम कर दी थी। सत्रह साल की नादानी और अल्हड़पन छोड़ कर अचानक ही एक बड़े घर की बहू और जिम्मेदार बीवी का जामा ओढ़ लिया था। सास ने तो उसके इस रवैए को रिवायती अंदाज़ में ही लिया था, पर ससुर समझ रहे थे कि सुरैया की इन छोटी-मोटी खुशामदों में कितनी चाह है कुबूले जाने की, और अपने आपको उम्मीदों पर खरा साबित करने की। वे अकसर जुबैर से कहते कि सुरैया की पढ़ाई पूरी होनी चाहिए, पर आज़ादख्याल होने पर भी उसे इस मुहिम की कोई ख़ास वजह नज़र नहीं आती थी। अपनी उम्र के बाकी नौजवानों की तरह वह भी बीवी को घर-आँगन के महफूज़ साए में दबी-ढकी देखना ही पसंद करता था। इंटर कॉलेज में आम लड़कियों के साथ हँसती-बोलती या किताबों के पन्ने चाटती सुरैया उसके तसव्वुर में कहीं से भी फिट नहीं बैठती थी। फिर बेगम साहिबा भी इस बेमक़सद झंझट के लिए राजी नहीं हुईं, सो किस्सा खुद ही दब गया। नवाब साहब ने पढ़ाई की बात फिर चाहे नहीं छेड़ी, पर खुद अपने पास बिठा कर उसे घर-बाहर और कारोबार की मोटी-मोटी जानकारियाँ देते रहते। सुरैया कई दफ़ा न चाहने पर भी उनकी इस ख्वाहिश की पूरी इज्ज़त करती, पर अपने रिश्ते की नज़ाकत उसे ससुर साहब से ज़्यादा खुलने नहीं देती। नवाब साहब ने दुनिया देखी थी। वे जानते थे कि सुरैया की सास और शौहर कभी भी उसे अपने खोल से बाहर नहीं आने देंगे, सो देखभाल कर उन्होंने उसके लिए एक मौलवी साहब और एक अंग्रेजी की टीचर रख दी। दोनों ओर से दुनियावी तालीम के रोशन दरीचे जब सुरैया के दिलोदिमाग पर खुले, तो उसने दुनिया को एक नए ही रंग में रूबरू पाया। अब जुबैर से ज़्यादा उसे नयी छपी किताबों के कैटलॉग लुभाने लगे और बावर्चीखाने की बारीकियों के बजाय अपनी ससुर से सियासती और तिजारती गुफ्तगू में ज़्यादा लुत्फ़ आने लगा। वह टीवी के प्रोग्राम अब अपनी मर्जी से सुनती और अखबारों और पत्रिकाओं की दुनिया में गुम रहती। और

सबसे दिलचस्प बदलाव तो यह था कि अब उसे जुबैर की कारोबारी और दुनियावी समझ की हदें नज़र आने लगी थीं। वह जान चुकी थी कि उनका शौहर उससे मुहब्बत तो करता है, पर अपनी उम्मीदों की मामूली सी भी ख़िलाफत उसे पंसद नहीं। इन्हीं सोचों में डूबी सुरैया के दिन बेहद व्यस्त बीत रहे थे कि अचानक ही उसके ससुर का इंतकाल हो गया।

उनके कूच करते ही रज़ा खानदान की तसवीर के आँखें चुंधियाते रंग फीके पड़ने लगे। जुबैर ने अब तक सिर्फ विरासत में मिली दौलत को अपने शौक़ पर उड़ाना ही सीखा था, उसे संजो कर रखने की ज़रूरत उसने कभी महसूस ही नहीं की थी। उसके अब्बा के वक्त के पुराने मुलाज़िम जब उसकी नादान हरकतों या अधकचरे फैसलों की ख़िलाफत करते, तो वह गुस्से में उबल पड़ता। नतीजा वही हुआ जो नहीं होना चाहिए था। सभी वफ़ादार और जिम्मेदार लोग उससे कन्नी काटते गए और नए जमाने के खुशामदी तलबगार जोंक की तरह चिपटते गए।

सुरैया के कंधों पर खानदान का सारा बोझ आन पड़ा था। अब कमाई उतनी रही न थी, सो कई नौकर-चाकर भी निकालने पड़े थे। सास पूरी तरह रोज़े-नमाज़ में खो चुकी थीं। पर इन सारी मुश्किलों से ज़्यादा दुश्वार लगता जुबैर का मनमाना रवैया। वह जितना उसे समझने या समझाने की कोशिश करती, उतनी ही उसके अंदाज़ पर उलझ कर रह जाती। वह शुरू से ही बेजा लाड़-प्यार और खुदपरस्ती का कायल था। बीवी अगर उसे आईना दिखाने की कोशिश करती, तो वह उसे कैसे रास आ सकता था?

इसी जद्दोजहद के बीच उसने एक ऐसा फैसला ले डाला, जो उसकी सास को भी चुप्पी तोड़ने पर मजबूर कर गया।

"ऐसा कैसे हो सकता है जुबैर? हम दोनों औरतें तुम्हारे पीछे बिल्कुल अकेली कैसे संभालेगी? और कारोबार का क्या होगा?"

"कारोबार में अब होने को बचा ही क्या है अम्मीजान?" जुबैर ने बेदिली से जवाब दिया, "अब्बू के वक्त से ही घाटे होने शुरू हो गए थे। अब मैं चाह कर भी उस डूबते जहाज़ के संग खुद नहीं डूब सकता। जद्दा में उमर के वालिद कई अरसे से सेटल हैं। उन्होंने वादा किया है कि मुझे भी वहीं कोई अच्छी नौकरी दिलवा देंगे। जरा सोचिए अम्मी, साल भर भी मैं वहाँ टिक गया, तो आधे से ज्यादा कर्ज़े उतर जाएंगे।"

शौकत बेगम से कुछ कहते न बना और सुरैया से आगे सुना न गया। जुबैर ने इतना अहम फैसला ले लिया और उसे कानों कान खबर तक न हुई। उसने यह तक न सोचा कि उसकी आने वाली औलाद बाप के साए से महरूम जन्म लेगी, तो सुरैया को कितनी मुश्किलों का सामना करना पड़ सकता है। पर कुछ सोच कर उसने अपनी नाराज़गी अंदर ही अंदर पी डाली और जुबैर के फैसले से समझौता कर लिया।

"आप बेफ्रिक हो कर जाएं, मैं अम्मी और घर दोनों का ख़्याल रख लूँगी। बस आप अपना मकसद पूरा होते ही लौट आइएगा। हमारा बच्चा......"

"क्या मुझे उसकी फ्रिक नहीं सुरैया," जुबैर ने उसकी बात बीच में ही काट दी थी, "पर आमदनी होगी तभी उसे एक मज़बूत ज़मीन दे पाएंगे, पनपने के लिए, सँवरने के लिए....."

उसकी मीठी बातों से सुरैया को लगा था कि शायद आने वाले दिन उसे मुश्किलों से उबार लेंगे और इसी उम्मीद पर उसने मन मार कर शौहर को रुखसत कर दिया था। घर के काम-काज से उबर कर वह जब भी कोई किताब ले कर बैठती, उसे अपने ससुर के बोल गूँजते से लगते, 'खुद में इतनी हिम्मत पैदा करो बेटी कि हालात खुदबखुद तुम्हारे गुलाम हो जाएं। हमारे मजहब में औरत की तालीम को बहुत ज़्यादा अहमियत नहीं दी गयी, पर तालीम से ही इंसान ताकत और हिम्मत पाता है। कुछ ऐसा करो कि ख़्वाब महज़ ख़्वाब ही न रह जाएँ, बल्कि

तुम्हारे नसीब का हिस्सा बन जाएँ।' पर सुरैया के ख़्वाबों की हदें उसकी अपनी मर्जी पर नहीं, जुबैर पर जा कर खत्म होती थीं। वह खुद जितनी शिद्दत से ख़त लिखती, चाहती कि जवाब देनेवाला भी उसी सच्चाई, उसी तफ़सील से अपनी हालत बयान करे। पर जुबैर अकसर टेलीफोन से काम चला लिया करता। इधर सास की बातें खत्म होती और उधर उसका वक्त। जो चंद सैकण्ड सुरैया के हिस्से में आते, वे केवल रस्मी हालचाल पूछने तक ही सिमट कर रह जाते। धीरे-धीरे यह सिलसिला भी कम होता गया। सुरैया कभी शर्म-झिझक छोड़ कर खुद फोन मिलाती, तो उसे लगता जैसे जुबैर उसकी पहल से कुछ चिढ़ सा गया है। बात होते हुए भी बात का मज़ा न रहता। फिर जैसे-जैसे जचगी के दिन पास आ रहे थे, शरीर की थकावट उसे और कुछ सोचने का मौका ही नहीं देती।

जिस रोज उसकी उम्र के बाइस बरस पूरे हुए, ईद के चाँद ने दुनिया को खुदा की मेहर का पैग़ाम दिया और सुरैया की गोद में भी एक नन्ही सी मेहर उतर आयी। सास को पोते की आस थी, पर सुरैया की खुशी देख कर उन्होंने भी सब्र कर लिया।

तभी जुबैर का एक लंबा-चौड़ा खत आन पहुँचा। सास-बहू पर जैसे बिजली सी गिर पड़ी थी। जुबैर ने साफ-साफ लिख दिया था कि अब वे उसकी राह न देखें। एक ईरानी लड़की से निकाह करके वह अमेरिका शिफ्ट हो रहा है। उनकी गुजर-बसर के लिए वह कानूनी तौर पर जिम्मेदार है, सो उन्हें एक माकूल रक़म भेजता रहेगा। सुरैया अगर चाहे, तो तलाक माँग कर आजाद हो सकती है। उसे कोई एतराज नहीं होगा। बाकी बहुत कुछ लिखा था जुबैर ने, जो सुरैया के आँसुओं के साथ ही बह गया। उसे समझ नहीं आया कि किस गुनाह की सज़ा मिल रही है उसे, याद रहा तो बस इतना कि मेहर अब फ़क्त उसकी जिम्मेदारी है और उसे अब अपने अब्बा का साया उम्रभर नसीब न होगा। मुसीबत की इस घड़ी में कोई सिर पर हाथ रखने वाला भी न

था। सास अपने ही गम में डूबी थीं, मायके से कोई उम्मीद नहीं और बाकी रिश्तेदार तो ससुर के मरते ही कन्नी काट चुके थे। सुरैया को आज उसकी उसी हिम्मत का आसरा था, जिसकी बात उसके ससुर साहब ताज़िंदगी करते आए थे। अपने ख़ुदा पर उसका भरोसा उठते-उठते बचा था।

उसकी कॉलेज की प्रिंसिपल फरीदा बेगम उसे मिलने आयीं, तो उसने उनके आगे कलेजा खोल दिया था, "मैं कुछ भी कर लूँगी बी साहिबा, पर जुबैर से भीख नहीं लूँगी," फिर उसने एक फीकी सी हँसी हँसते हुए कहा, "मैं तो सोचती थी जुबैर के साथ ही जिंदगी है, उसके बिना तो मैं जी ही न पाऊँगी, पर जी रही हूँ न? और मजे की बात है कि आगे भी जीने की जिद है।"

फरीदा बी को इन दो मायनी लफ़्ज़ों ने भीतर तक हिला दिया और उन्होंने दिल्ली में काम कर रही अपनी बेटी को सारी सूरतेहाल लिख डाली। सुरैया को उसने दिल्ली बुला भेजा और अपने पास किराएदार रख लिया। दिनभर वह उनके कंप्यूटर सेंटर में मदद करती और रात को पढ़ाई करती। कोई पल अपना या अपने आराम का नहीं, या तो मेहर की देखभाल या फिर सेंटर का कामकाज। सुरैया ने अपने सारे शौक वक्त से पहले ही दफ़ना डाले थे और एक-एक पाई जोड़ कर मेहर की पढ़ाई में खर्च की थी। लखनऊ जाकर कभी-कभार सास के हालचाल पूछ आती, पर उन्हें बेहद गिला था कि सुरैया ने घर से बाहर रह कर खानदान के नाम की तौहीन की है। सुरैया के कदम खुद-ब-खुद सिमटते चले गए। वह इन गिलो-शिकवों से कहीं ऊपर उठ चुकी थी। उसके पास अपने मकसद की दौलत थी, जो उसे और उसकी मेहर को रुहानी तौर पर मालामाल किए हुए थी। इस दुनिया और उस पीछे छूटी दुनिया का आपस में कोई वास्ता न था।

सुरैया ने धीरे-धीरे अपनी मेहनत और लगन से अपना छोटा सा अशियाना खड़ा कर लिया था। मेहर की खातिर कभी किसी गैर को

उसमें जगह देने की न सोची थी। अपनी लगी-बंधी कमाई में से वह खुद पर कम से कम खर्च करती। जान-पहचान वाले सभी उसकी इज्जत करते और उसकी अनजानी किस्मत पर हैरत जाहिर करते। इतनी नेक बीवी और ऐसी प्यारी बच्ची छोड़कर किसी ने क्या पाया होगा भला? पर सुरैया की सादगी और व्यक्तित्व ऐसा था कि किसी को कुछ पूछने की हिम्मत न होती।

और अब इतने बरस बाद एक और इम्तिहान– उसी भूली हुई रहगुजर ने जुबैर के नाम का बुलावा। सुरैया को मिलने आयी शौकत बेगम अपने बेटे की बदहाली का रोना रो गयी थीं, "अब तो उसे खाना-पीना भी ज़हर लगता है बेटा, गए साल टीबी हो चुकी है। बीवी उसे तलाक दे कर वापस ईरान चली गयी। बच्चे कोई हुए नहीं। सब कुछ समेट कर वह वापस आ गया है। बेटा, अब तुम्हीं उसे बचा सकती हो। डॉक्टर कहते हैं दिमागी डिप्रेशन जानलेवा भी हो सकता है।"

सुरैया सुनती रही और अपने अंदर उमड़ते गुबार को दबाती रही। उसे जल्द ही इस सिलसिले में फ़ैसला लेना होगा। जहाँ इतने ज़लज़लों से गुजरी, वहाँ यह छोटी सी कशमकश और सही। दिल के एक हिस्से ने आवाज़ दी, 'लौट चल सुरैया। शायद इसी तरह मेहर अपने अब्बू को पा सके। उसके दर से रुख़सत होगी, तो ज़माने के सवाल उसे कभी नहीं सताएंगे। फिर तेरा बुढ़ापा आगे है। कब तक अकेली चलती रहेगी? लौट जा ...'

सुरैया को सोचों के भंवर से निकाला मेहर के टेलीफोन ने, "मुबारक हो अम्मीजान.........हमें एम.डी. में दाखिला मिल गया है। शायद स्कॉलरशिप के लिए भी चुन लिए जाएं। अम्मी, आप मुंबई चलेंगी मेरे साथ?"

"बेटा, आप वापस आ जाएं," सुरैया का गला खुशी के आँसुओं से रुंध गया था, "हम आराम से बात करेंगे। खुदा आपको क़ामयाब करे।"

फोन बंद हुआ और सुरैया ने बिखरे काग़ज़ों में से एक काग़ज़ उठा कर लिखना शुरू किया। ख़त उसकी सास शौकत बेगम के नाम था-

प्यारी अम्मीजान,

तसलीम। दुआओं में आपकी बेहतरी और सेहतमंदी की ख्वाहिश करती हूँ और उम्मीद रखती हूँ कि ख़ुदा के घर आपकी दुआएं भी कबूल हों। आप जुबैर के वास्ते से मेरी बुजुर्ग हैं, आपकी इज्जत करना मेरा पहला फर्ज़, पर आपके कुछ हुक्म मेरी पहुँच के बाहर हैं। उन्नीस बरस पहले आपके बेटे, मेरे शौहर ने हमारे रिश्ते को दगा दे कर मुझे इंतज़ार की सूली पर लटका दिया। यह भी न सोचा कि मैं अकेली नहीं, बल्कि मेरी बच्ची भी उस गुनाह की सजा भुगतेगी। पर अल्लाहताला के अपने कुछ कानून हैं अम्मी, जो हर गुनाहगार को अपने इंसाफ के तराजू पर तौलते हैं, फिर चाहे वह औरत हो या मर्द। उसकी दूसरी दुनिया उजड़ गयी, तो वह पुरानी दुनिया की तरफ लौट आया, पर मैं कोई छोड़ी हुई जागीर नहीं। मेरी दुनिया भी अब पूरे तौर पर बदल चुकी है। मेरी मेहर हर कदम पर मेरे साथ है। जो भी उसका हाथ थामेगा, उसके अतीत के सभी वाकयों समेत थामेगा। सुरैया अब इंतज़ार की कैद से आज़ाद हो चुकी है।

मेरी पूरी हमदर्दी आपके साथ है। जुबैर से कहिएगा अब इंतजार उसे करना है। खुदा जाने शायद मेरा मन बदले और मैं लौट जाऊँ।

फिलहाल तो यह कतई मुमकिन नहीं। अब रिश्तों की कमान किसी एक के हाथ में तो हुआ नहीं करती, जब दोनों में से एक भी दगा दे जाए, तो डोर टूट जाती है। उसके जुड़ने तक कभी-कभी उम्र निकल जाती है। इसीलिए संभल कर चलना चाहिए। मुझे अब अकेले चलने की आदत पड़ गयी है। जुबैर को दुआ दीजिए, वह भी चलना सीख जाएगा।

आपकी बहू

सुरैया।

लिखते-लिखते जब सुरैया की कलम थमी, तो सुबह हो चुकी थी। सूरज की नरम रोशनी ने उसकी मेज को छुआ, तो पता चला कि सारी रात सोचों में ही बीत गयी और साथ ही बीत गया अतीत के धुँए का गुबार। एक अजीब से सुकून में घिरी सुरैया इस सुबह का सामना करने के लिए पूरी तरह तैयार थी।